春口裕子

隣に棲む女

実業之日本社

実業之日本社文庫

目次

蟬しぐれの夜に　5
ホームシックシアター　53
オーバーフロー　95
ひとりよがり　143
小指の代償　193
おさななじみ　239
解説　藤田香織　308

蟬しぐれの夜に

ひと雨、来そうだ。

小夜子《さよこ》は、家に向かう足を止め、首筋の汗をぬぐいながら空を見あげた。黒く分厚い雨雲が、すぐ後ろまで迫っている。昨日おとといと夕立が続いたので、折り畳み傘は持ってきているが、雨に降られるのは好きじゃない。自然と足が速まった。

似たような建売が並ぶ住宅街の一角、「斉木達也《たつや》・小夜子」の表札の前で立ち止まる。ポストに手を差し入れると、指先にこつんと紙の感触があった。取りだしてみるとそれは暑中見舞いのハガキで、ポップ体の活字でこう刷りこまれていた。

――二〇〇七年夏。優大《ゆうだい》、七ヵ月。もう耳が聞こえます。

小夜子はそれを一瞥《いちべつ》し、スーパーの袋に放りこんだ。

家の中はむっとしていて、澱《よど》んだ空気に満ちていた。部屋をまわって、窓という窓を開けていく。最近は体を冷やさないように、エアコンも扇風機もなるべく使わないようにしている。

窓から入ってくる風は生温《なまぬる》く、庭の草木のにおいとともに、埃《ほこり》と湿気が混ざったようなにおいを運んでくる。小夜子は風に揺れるベージュのカーテンを見、次いで、ダイニングテーブルにぽんと置かれているスーパーの袋を見た。

ハガキの真ん中には、でかでかと写真がレイアウトされている。写真といっても、知らない人が見たら、何が何だかわからないだろう白黒の画像だ。けれど小夜子にはわかる。そこにうつっているのは、胎児のエコー写真だった。

写真の下の余白部分には、右上がりの小さな文字でこう書き添えられている。

――やっぱり子供はいいよ。小夜子も早く産みな！

胸の中に、じわじわと黒いものが広がっていく。似たような写真は、先月も送られてきた。「優大、六ヵ月」というタイトルの携帯メールに、画像が添付されていたのだった。

小夜子はきつく目をつぶり、両手で耳をふさいだ。

これまで生きてきた三十二年間、いいことやきれいなことばかりでは決してなかった。思い出したくないようなこともある。それでも、なるべく心穏やかに過ごしたいと願ってやってきたつもりだ。これからだって、誰かをうらやんだりねたんだり――自分で自分が嫌になるような感情は、できることなら持ちたくない。

でも。

小夜子はゆっくりと目を開け、ハガキをつかんだ。びりびりに破いてしまいたい衝動がこみあげてきて、指先が震えた。

ボツボツと、大粒の雨が屋根を叩《たた》く。

いつしか部屋の中は、墨をとかしたような薄暗闇《うすくらやみ》に包まれていた。ハガキが、小夜子の手からひらひらと落ちる。床の上に舞い降りた写真の中の胎児は、いつまでもそこに横たわりつづけた。

＊

二〇〇六年七月十七日。

会場の横浜T会館に着いたとたん、飯山和希《いいやまかずき》は悲鳴をあげた。

「うわー親子連ればっか。それに付随するジジババばっか」

会場の入り口には『ヤマベ楽器主催ジュニアピアノ発表会』の看板が立てかけられていて、そのそばで写真に収まろうという親子でごったがえしている。途切れることのないフラッシュの閃光《せんこう》に、和希はほぼすっぴんの、けれど美しく整った顔をしかめて、「きついなあ」とつぶやいた。

小夜子は、頭一つ高い和希をちらりと見あげ、申し訳ないような気持ちになった。ここのところ仕事が忙しく、休日は家でゆっくりしたいという和希を、無理に連れだしたようなものなのだ。

「ごめんね、疲れてるのに」

「別にいいけど」と和希は肩をすくめた。「他人の子供のへたくそなピアノ聴いたって、つまんなくない？」

「でもほら、茜《あかね》と歩美《あゆみ》の子供たちが、出るわけだから」

茜と歩美は高校時代の同級生で、四人とも生物研究部に所属していた。小夜子はまったく興味のない分野だったが、「何か一つは部活に入れ」という学校の方針から、規則も活動もゆるそうなところを選んだ。当時から熱心だった和希は今、I区にあるバイオ研究所でナントカという微生物の研究をしている。

和希が何も言わないので、小夜子はあわてて言葉を足した。

「子供たちも、その、初めての出演なわけだから」

そんなことは建前に過ぎなかった。本当なら、和希と一緒で、こんなところには来たくない。でも来なければ、また何を言われるかわからない。そんな懸念と、ここへ来る苦痛とを天秤《てんびん》にかけ、けっきょく後者を選んだのだった。

なるべく波風を立てたくない――そんな自分の性格に、ほとほと嫌気が差してくる。と同時に、物事をはっきり言える和希がうらやましく思えるのだった。

館内に入ると、ロビーの混雑はさらにひどかった。さっき茜から届いたメールには「一階M列二十～三十五番席を確保。ロビーで落ち合おう!」とあるけれど、これではとても見つけられそうにない。

携帯で連絡を取ろうとバッグに手を突っこんだとき、低い声で和希が言った。

「あれ。あそこのド派手衣装コンビ、麻凛《まりん》と阿斗武《あとむ》じゃない?」

真っ赤なドレスを着た女の子と、水色のタキシード姿の男の子。たしかに茜の子供たちだった。そばには歩美と、その一人娘、理子《りこ》の姿もある。

小夜子たちは、人をかきわけて突き進んだ。

茜が真っ先にこちらに気づき、そのふくよかな頬《ほお》をふくらませた。

「やっと来た。遅いじゃない」

和希がすかさず言い返す。

「来てやっただけありがたく思ってよ」

それを受けて茜がむっとした表情になる。

在学中も、卒業して十三年経《た》った今も、和希と茜は常にこんな感じだ。だから、会うときの組み合わせはだいたいパターンが決まっていて、こうして四人全員が揃《そろ》うのは久しぶりだった。

　小夜子はあわてて話題を変えた。

「麻凜ちゃんも阿斗武くんも、それから」かがんで理子に視線を向けた。「理子ちゃんもがんばってね」

　はーいと、かわいい声が三つ重なる。

　音楽教室の先生が、麻凜と阿斗武を迎えに来た。二人は今日のトップバッターなのだ。

　先生に手を引かれて舞台裏へ向かう二人に、茜は声を張りあげた。

「阿斗武、麻凜、しっかりね」

　二人が手を振りかえしてくる。シンクロのようにそろった動きは、さすが双子というべきか。

　二つの小さな背中が扉の向こうに消えた直後、小夜子の後ろで間の抜けた声がした。

「あれえ。あいつら、もう行っちゃったのか」

　茜の夫だった。薄くなりつつある頭を撫《な》でながら、小夜子たちにペコリと会釈《えしゃく》をしてくる。片手にはビデオカメラが握られていた。

茜が厚めの唇を尖《とが》らせた。

「もう！　いっつもこうなんだから」

責められた夫は、ごめんごめんと謝ってからビデオの電源を入れた。そしてカメラを理子に向けて、モニター越しに話しかけた。

「理子ちゃんは、後半に出るんだよね？」

ウン、と、理子が元気よく答える。

「一人で出るのは怖くない？」

ウン、とまた理子が答える。そんな様子を、歩美は微笑《ほほえ》みながら見ている。

カメラがすうっとこっちに向けられ、小夜子は思わず後ずさった。

茜が小夜子の腕をつかみ、カメラの前に立たせて言った。

「小夜子でーす」

しかたなく、カメラに向かって頭を下げる。

茜はさらに言った。

「ただいま子作り専念中でーす」

顔が引き攣《つ》りそうになって、あわてて下を向いた。

「今日は授かり祈願ということで、巷《ちまた》の親子づれにあやかりにきました～」

茜は、ほら小夜子、一言一言、とうながしてくる。

「えー」小夜子は口の端を吊《つ》りあげて笑ってみせた。「頑張りまーす」

そのときだった。和希がぐいとカメラをつかみ、茜のほうに向けて言った。

「茜でーす。最近太りました。下っ腹を引っ込め中でーす」

さらに、ほら茜も一言一言、とせかす。

茜の顔がみるみる赤くなり、夫もモニターから目を離した。

和希は宣誓するみたいに右手を挙げて、あっけらかんと言った。

「飯山和希。独身、子無し、彼氏無し。トイレ行ってきまーす」

そう言うなりきびすを返し、白いデニムの長い脚ですたすたと歩いていく。小夜子は、「私も」といってあわてて後を追った。

ロビーを突っきったところで、和希はぴたりと足を止めた。

「やっぱトイレはいいや。ちょっとタバコ吸ってくる」

そのまま、喫煙スペースの衝立《ついたて》の向こうに消えていく。

ありがとう。そうつぶやいたものの届くはずはなく、小夜子はその場に立ち尽くした。まわりは親子づれだらけでひどく居心地が悪かったが、茜たちの元に一人で戻るのはもっと気が重かった。

さして行きたくもないトイレに行き、ロビーに置いてあったパンフレットをぱらぱらと眺める。そうして時間をつぶしていても、和希は一向に戻ってこなかった。喫煙スペースを覗《のぞ》いてもみたが、見当たらない。もうすぐ開演だというのに、どこまで行ってしまったんだろう。

ロビーが閑散としてきた。茜たちはすでに中に入ったようだ。

あたりを見まわしていると、視界の隅を、ふと小さな影が横切った。

「理子ちゃん？」

「あ、小夜ちゃん」

理子はパッと笑顔になって、とことこ駆け寄ってきた。紺色のワンピースと、淡いピンクの髪飾りが可憐《かれん》に揺れている。

理子は小夜子を見あげ、澄んだ声ではきはきと言った。

「ママを見かけませんでしたか」

「ううん。はぐれちゃった？」

「そうなの。ママったら、迷子になっちゃったみたい」

ませた口調に思わず笑ってしまう。

「席に行ってみようか。もしかしたら、座って待ってるかもしれないよ」

小夜子は理子の手をとり、場内に入った。

場内はまだ明るく、座席はよく見わたせた。M列を探すと、茜夫婦とその両親たちが、ずらりと横一列に並んでいるのが見えた。が、その中に歩美の姿はなかった。

下手《へた》に探しまわるより、座って待っていたほうがいいだろう。そう考え、理子の手を引いて席に向かった。

茜がこっちを見あげて不機嫌そうに言った。

「何やってたの。演奏が始まっちゃうじゃないよ」

ごめん、とつぶやいた瞬間に照明が落ちた。三時だ。

そこへ、ようやく歩美が戻ってきた。

「理子どこにいたの。探したじゃない」

理子も黙ってはいない。

「ママこそ、急にいなくなったりしてビックリするじゃない」

茜が口に人差し指を当てて、歩美をにらんだ。早く座れと目で合図している。和希が戻ってきたのはそのさらに後――開会の挨拶《あいさつ》が終わった直後のことだった。

五歳の双子コンビが先生にともなわれて舞台に登場すると、客席から拍手が起こった。場内が静まるのを待って、『ミッキーマウスマーチ』の前奏が始まる。ピアノに向かう麻凛と阿斗武は堂々としていて、演奏は順調だった。ところが——。

突然、ジリジリジリという、けたたましいベルの音が鳴り響いた。

非常ベルのようだ。

すぐに止まるだろうと思われたその音はいつまでも鳴りつづけ、やがて場内がざわつきはじめた。舞台の上の双子は先生に励まされて演奏を続けていたが、しつこいベルの音にとうとう麻凛が泣きだした。つられたように、阿斗武もべそをかきはじめる。

演奏会は完全に中断してしまった。


けっきょく、二人は最初から曲を弾きなおした。客席に戻ってきたとき、阿斗武はけろっとしていたけれど、麻凛はなんとなく元気がなかった。そして、茜の落ち込みようはそれ以上だった。こうしたイベントがあればいつも、一日と置かずに写真付きメールを送ってくるのだが、今回は、三日経った今日になっても音沙汰《おとさた》がない。

小夜子はバスに揺られ、ぼんやりと車窓を見ながら思った。

私は……意地悪だ。落ち込んでいる茜を見て、不快ではない自分がいる。

十分ほど乗ったところでバスを降り、停留所のすぐ前にある、横浜中央産婦人科病院の門をくぐる。ここの婦人科に一年半前から不妊治療で通っていることは、達也以外――和希にも言っていない。

まだ時間前だというのに、待合室はすでにいっぱいだった。産科も一緒なので、お腹《なか》の大きな女性や、子供を連れた女性が目立つ。

小夜子は彼女たちのそばを避け、どことなく顔色の悪い白髪混じりの女性と、茶髪の少女の間に座った。白髪の女性は治療の周期が一緒なのか、時どき姿を見かける。少女は、ぴたぴたのキャミソールにミニスカートという格好で、腰を少しずらした姿勢で座っている。

小夜子は、マガジンラックの『たまごクラブ』や、赤ちゃんの写真が貼《は》られた掲示板から目を逸《そ》らし、ぎゅっと瞼《まぶた》を閉じた。ただ、そうしてまわりのすべての景色をシャットアウトしたところで、耳まで閉ざすことはできない。そこかしこで交わされる「何ヵ月?」とか「順調」とかいう言葉が、いやおうなく耳に飛びこんでくる。ここにこうして座り、気持ちをかき乱されるたびに思う。

天国と地獄が共存しているような残酷な場所だ、と。

隣の少女が、看護師から声をかけられていた。携帯の電源を切るよう注意されたのだ。少女は不満を当てつけるかのように舌打ちを繰り返していたが、やがて名前を呼ばれて、診察室に入っていった。

小夜子が呼ばれたのはそれからずいぶん経ってからだ。看護師にうながされ、下着をとって内診台にあがる。何度あがっても慣れることのない場所。ぶざまに脚を開いたまま、医者がやってくるのを待つ屈辱的な時間。それを、じっと目をつぶってやりすごす。

今日の診察で卵胞が順調に大きくなっていることが確認できれば、HCGを打って排卵を誘発する予定だ。

衝立《ついたて》ひとつ隔てた隣の診察室から、声が聞こえてきた。

「十一週だね。つまり三ヵ月」

女医の声だが、小夜子が診てもらっている院長のそれとは違う。

「どうするの」

患者のほうはだまりこんだままだ。

しばらくして、「ムリ」という小声が聞こえてきた。さっきの、少女のようだ。

女医は言った。

「父親は？　何て言ってるの」

やはり沈黙。しばらくして「わかんない」と投げやりな声がした。父親の意思がわからないということか。それとも、父親が誰かわからないのか。

女医は淡々と宣告を続けた。

「それから、クラミジアにも感染してるね」

「えー」ふてくされたような声だ。

「自然には治らないわよ。放置すると流産や早産を起こす可能性もあるし」ひとつため息。「いずれにしても薬を出すから、ちゃんと飲むように」もうひとつため息。

しんと静まった室内に、ボールペンが紙の上を走る音が響く。ロビーからは、赤ん坊の泣き声が聞こえてくる。

それ以降少女は、ムリ、という言葉しか口にせず、女医は堕胎《だたい》にあたっての注意事項を説明しはじめた。

「手術を受けるということなら保護者の承諾がいるから、この用紙に――」

そんなやりとりを、小夜子は内診台の上でぼんやりと聞いていた。目の前のカーテンと天井が、視界の中でぐにゃりとゆがむ。

不妊の女のすぐ横で行われる受胎告知。

のぞんでも授からない女がいれば、あんなにも簡単に身ごもる女がいる。

この世は、あまりにも不公平だ。

冷たい器具の感触と、左肩に残る注射の痛みを引きずって、小夜子は病院を後にした。病院を出て、大通り沿いをまっすぐ歩く。帰りはいつも、一つ先の停留所からバスに乗ることにしている。立ち寄る場所があるのだ。

高くのぼった太陽が、頭上から照りつけてくる。体が重い。小夜子は街路樹の真下にできている日陰を選んで歩きながら、今度こそは、と胸の中でつぶやいた。

小夜子にも達也にも、はっきりとした不妊の原因はない。タイミング療法で半年、それに排卵誘発をくわえて一年になるが、院長からは、この治療法は今回が最後だと言われている。もしうまくいかなければ、次は人工授精だ。費用的な負担はもちろん、精神的な苦痛を想像しただけで、めまいがしそうだった。

信号待ちで、ベビーカーを押す女性が隣に立った。ベビーカーの中では赤ん坊がすやすやと眠っていた。そのあどけない寝顔に、小夜子の頬が思わずゆるんだ。母親の女性が、小夜子の視線に気づき、にこやかに会釈をしてくる。小夜子もそれに応《こた》えて軽く頭を下げた。自然とそんな動作ができたことに、「ああ、今日は悪くない」と自分の調子を知る。

小夜子は子供が好きだ。こんなやりとりだって本当は好きだ。

なのに、ベビーカーから目を逸《そ》らすことが増えてきている。治療の周期や薬の副作用に振りまわされ、感情は、自分の意思を無視して乱高下する。

　達也と結婚したのは六年前だ。当初は、そのうち授かるだろうと楽観的だった。同じ時期に結婚した茜にはすぐに双子が生まれたし、歩美はそもそも出来婚《できこん》だったし。まさかその後何年も、自分だけが子供に恵まれないなんて、思いもしなかった。

　小夜子は、大通りを折れて小道に入った。この先には、安産の神様が祭られている小さなお社がある。

　額の汗をハンカチで押さえながら砂利道を進むと、ほどなくして鳥居があらわれた。三メートルほどの高さの石柱が二本あり、その上部に注連縄《しめなわ》が渡されている。そこをくぐり、苔《こけ》の生《む》した石段を上っていく。一段ごとに蟬の鳴き声が大きくなって、上りきるころには、怖いぐらいの音量になっている。

　そして、参拝者を迎えてくれる一対の狛犬《こまいぬ》。

　――あそこの狛犬を撫《な》でると子を授かるんだって。

　いわれを教えてくれたのは茜だった。

　小夜子は右側の狛犬の傍に立ち、あたりに目を配ってから、そっと手を伸ばした。ひんやりした背中を三回撫でてから、石畳を歩いてお社の前へ進む。賽銭《さいせん》を十五円投げ入れて、手を合わせた。

まっさきに、ごめんなさい、と心で唱えた。

そうしてから、全身全霊で祈りを捧《ささ》げた。子供を、達也との子供を授けてください。男でも女でもいい。お願いだから、子供を、
最後に深く頭を下げ、さっきと反対側の狛犬をまた三回撫でてから、神社を後にする。大通りに出るときはいつものようにすばやく周囲に目を配った。どこに知り合いがいるかわからないからだ。特に歩美の家はここから近い。

別に悪いことをしているわけじゃない。普通にしていればいいとも思う。けれど、どうしても、ここにいる自分を見られたくない。

かわいそうな女だと思われたくない。

帰る途中で、いつものスーパーに寄った。バランスのいいメニュー。その一点だけに心を砕きながら売り場を歩く。あちこちで子供たちが走りまわっている。母親たちは井戸端会議のかたわら、それをたしなめる。なんということのない平凡な光景だ。どんなに避けても避けきれない、見ずに済ますことのできない光景。

家に辿《たど》りつく頃には身も心も、水を吸った雑巾のようだった。遅めの昼食に、国産地鶏《じどり》と有機野菜を入れたうどんを三分の二だけ食べ、ソファに横になって少し眠った。

重たい体を起こして常温の麦茶を一杯飲み、掃除機をかけて、洗濯物を取りこむ。

専業主婦になったのは最近だ。仕事のストレスがよくないのかと、三ヵ月前に会社を辞めた。

シーツを取りこんでいたとき、リビングで電話が鳴った。縁側であわててサンダルを脱ぎ、部屋に上がって受話器を取る。

「小夜子か？」

達也だった。いつものように、どうだった？　と聞いてくる。

「順調だって」小夜子はそう答えて、目の前のカレンダーを見た。今日と明日に小さく丸がついている。「帰りは何時頃になりそう？　今日は注射してきたから、だから——」

「OK。なんとか九時ぐらいには帰るよ」

「よかった」

気持ちが少し上向いた。SEの達也は今年に入ってひどく忙しいから、ちゃんと帰れるかどうかも毎回の心配の種なのだ。

「ハンバーグ作っておくね」

小夜子がそう言うと、達也は、やった、とうれしそうな声になった。ハンバーグやオムライスが好きなところも、お風呂に入るときドアを少しだけ開けておくところも、まったく子供みたいだ。そんな、子供みたいな達也の子供。一体どれだけかわいいだろう。

夕飯のしたくを始めようとエプロンをかけたとき、テーブルの上で着メロが鳴った。ずいぶん前にダウンロードしたきりの『イマジン』だ。メールは茜からで、「明日ヒマ?」というタイトルだった。

――明日の午後、我が家でこの前のビデオの上映会やります。小夜子、来れる? 歩美は来るって。P.S.悪いけど昼ご飯は済ませてきて。

メールには画像が添付されていた。開けてみるとそれは、あの会場の看板前でにっこり笑う茜たち親子の写真だった。

歩美とは、一時にT駅の改札で待ち合わせた。子供たちの幼稚園が二時までだが、歩美も茜も、夕方までの延長保育を申し込んだとのことだった。

駅ビルの食料品街で、歩美の少し後ろを歩きながら、小夜子はひそかにため息をついた。

昨日、達也はけっきょく帰ってこられなかった。あの後、システムトラブルが起きたらしい。電話口でしきりに済まながる達也に、大丈夫だよまだ明日があるよ、と小夜子は言った。そう。お腹の卵はHCGを打った後、四十八時間は生きている。先生がそう言っていた。

だから大丈夫。まだ大丈夫。そう言い聞かせ、冷たくなったハンバーグを、泣きながら冷蔵庫にしまったのだった。

「小夜子？」

歩美の声がしてハッとした。

「どうかした？」

「ううん、ちょっとボーッとしてただけ」

「そう……」

歩美は気遣うようにこっちを窺《うかが》いながら、麻凛と阿斗武の好きなフルーツロールケーキを買っていこうと提案した。

「ロータリーにあるお店がいいと思う。無添加でおいしいし、阿斗武くんたちも好きだから」

歩美と茜のところは頻繁に行き来しているから、子供の好みもよくわかっている。歩美が知っていて、自分が知らないことはたくさんあって、そんなところでもまた疎外感を感じてしまう。

ウサギの看板がかかったその店で、歩美はてきぱきと人数分を注文した。

歩美は変わった。昔はどこか頼りないような、気弱なイメージがあったけど、理子を産んで強くなった気がする。

その歩美が理子の分をお土産に買うのを見て、小夜子は思う。早く仲間に入りたい。治療のためなんかじゃなく、子供のためのケーキにお金を使いたい。

茜の住む団地までは歩いて十五分ほどだが、カンカン照りの遊歩道と、両側から迫ってくる蟬の声に、時どき足元がふらついた。寝不足がたたっているのかもしれない。

歩美が顔を覗きこんできた。

「なんだかつらそう。タクシーで行く?」

「平気よ。大丈夫」

「ならいいけど」

歩美は少しだまり、やがておずおずと言った。

「小夜子ひょっとして、うちの近所の病院に通ってる?」

「どう、して?」トクンと脈が跳ねあがる。

「昨日見かけたから。実は前にも一度見かけたんだけど……」

何か言い返そうとしたが、言葉が出てこない。

引き攣《つ》る口元をハンカチで隠し、なんとか明るい口調で答えた。

「見かけたなら、声かけてくれればよかったのに」

「そうね。そうよね」歩美は探るようなまなざしで、言いづらそうに続けた。「もしかして……おめでた？」

目の前が暗転した。あたりは、くらくらするほど光にあふれているというのに。

ふと、あの待合室の光景が浮かんだ。互いの経過を報告しあう幸せそうな妊婦たち。

その横で、暗い顔をして座っている女。

白髪混じりのあの女の姿が、自分とだぶった。

「違う違う」

必死に笑顔をつくろって、胸の前で大げさに手を振ってみせる。そして、万が一こういう場面を迎えたときの、言い訳を口にしていた。

「ただの検診よ。ほら、あそこって女医さんがいるじゃない？」

「そ、う」

歩美は口をつぐんだ。蝉の声が洪水《こうずい》のように降ってくる。なのに自分のまわりだけは、しんと静まりかえっているのだった。

しばらく二人でだまって歩いた。が、耐えきれなくなって、口を開いた。

「歩美は？　二人目はつくらないの？」

顔を見ることまではできなかった。

「そのうちね」

歩美はやはり言いづらそうな、控えめな声で答えた。

「こればっかりは……授かりものだから」


茜は多少顔色が悪かったものの、いらっしゃい、よく来たわね、暑かったでしょうと、いつも以上の饒舌《じょうぜつ》ぶりで迎えてくれた。

「今日はね、二人に発表することが二つあるの」そう言ってリモコンを手に、テレビの前に腰を下ろした。「まず一つ目は、ピアノ発表会のことよ」

ビデオは再生ボタンを押すだけになっていて、テレビ画面にはすぐに麻凛と阿斗武が映しだされた。会場入りする前の模様で、入口の看板の前ではしゃいでいる。

「無駄なシーンは飛ばすわね」と茜がどんどん早送りをしていく。「無駄なシーン」には、あのロビーでのやりとりも入っていて、小夜子はひそかにほっとした。

開会の言葉が終わったところで、茜は早送りをやめた。再生モードで、麻凛と阿斗武のたどたどしいピアノの音が流れだす。

そのうちに、あの非常ベルが鳴りだした。茜は画面をリモコンで指しながら、言った。

「この音、非常ベルじゃないんだって」

小夜子は目を見開いた。「どういうこと？」

「ひどい話よねえ」茜はそれには答えず、「麻凜なんてあれから、ピアノ弾かなくなっちゃったんだから。訴えてやろうかしら」

画面の中で、麻凜が泣いている。それをあざ笑うかのように、ベルの音は執拗《しつよう》に鳴りつづけていた。

茜は画面から目を離すと、小夜子と歩美を交互に見すえて言った。

「目覚まし時計の音らしいの」

会場に問い詰めたのだ、と茜は顔を険しくした。

「二階席の最後列に置かれてたんですって。で、三時十分に鳴るようにセットされていた。つまり、わざとよ」

『ミッキーマウスマーチ』が、ふたたび最初から始まった。

茜は曲に合わせてリズミカルにテーブルを叩きながら言った。

「私は、身近な人間のしわざだと考えてる」

それきりだまってしまったので、困って歩美を見た。歩美も同じような視線を返してきた。

しかたなく小夜子は言った。

「どうしてそう思うの？」

茜は小鼻を膨らませ、挑戦的に胸を張った。

「ここのところ変な電話が多かったのよ。夜中とか早朝にかかってきて、こっちが出るとダンマリで。ねちっこいし手が込んでるし、どう考えても同一犯だわ。そうとしか考えられない」

茜はそこでいったん話を切ると、チョコケーキにフォークを突き刺し、大口を開けてかぶりついた。気落ちしているであろう茜を励まそうと歩美が選んだ、「いつもより少しだけ高いやつ」だ。

茜は、ティッシュを一枚勢いよく引き抜いて、口のまわりをねっとりとぬぐった。

「身近な人間なら、携帯の番号を知ってて当然だし、発表会のプログラムもすぐ手に入るしね」

茜はそうしてあらぬ方向を向いた。

返事は、求められているのかいないのかわからなかった。

「でも」と小夜子は言った。

「いくらなんでも、そんなことするかしら」

「やったんでしょうよ」

茜は、はあ、とため息をついた。

「だから今度、会場から、目覚まし時計をもらってきてやろうと思ってるの」

「そんなもの、もらってどうするの」

「当然じゃない、指紋をとって照合するのよ」茜は人差し指を立てて、小夜子の顔に突きつけた。「まずはネットでそういうキットを手に入れるつもり」

指紋を照合するってことは……つまり犯人に目星をつけてるってことだ。そしてその目星がどこにあるかは、茜の態度を見ていれば一目瞭然だった。さっきから間断なく歩美と自分に向けられている咎めるような視線。

ざらりと嫌な感じがして、小夜子は飲んでいた麦茶のグラスからそっと手を放した。

茜は何かを噛みしめるように、ゆっくりとかぶりを振った。

「私、たくさんのものを持ちすぎたのかもしれないわね」

憂鬱《ゆううつ》そうな、それでいてどこか誇らしげなその横顔から、あわてて目を逸らす。小夜子はテーブルの下で強く手を握りあわせ、振り絞るようにして声を出した。

「それは……私たちの誰かがやったってこと？」

「別に」不意をつかれたように、茜がいっしゅん言葉に詰まる。「そこまでは言ってやしないわよ。ただ、私の持っているものを、誰が一番快く思ってないか、考えればわかるでしょってこと」

気まずい空気をごまかすかのように、茜は肩をすくめておどけてみせた。

「あなたたちを疑うわけないじゃない。要は、女として必要なものを一番持ち合わせていない人よ」

和希のことを言っているのか。

だとしたら許せなかった。

和希はそんなこと、絶対に――。

「茜」

隣で、歩美が静かに言った。

「たとえばそれで犯人を突き止めたとして、どうするつもり」

「まあまず麻凛と阿斗武に土下座して謝らせるね。二人をあれだけ傷つけたんだから」

「その状況とそこまでの経緯を、子供たちにはなんて説明するの？」

「それは――」

「たとえその推理が当たっていて、相手に謝罪させて茜の気が済んだとして、それが子供たちのためになるかしら」

小夜子はまぶしい思いで歩美を見た。

悔しいけれど、小夜子には考えつかない、子を持つ親の発想だった。

物静かな歩美にさとされて、茜はバツが悪そうに口を尖らせた。

「冗談よ。ちょっと言ってみただけ」

茜はお茶を淹《い》れなおしに台所に立った。戻ってきた後は、いつもどおりの他愛ない話――連ドラの話だとか、この近くにできたショッピングモールの話だとかをした。

その最中のことだった。

茜が突然、口元をおさえて立ちあがり、そのままバタバタと洗面所に駆けこんでいった。何度かえずく気配があり、しばらくして戻ってきたが、その青白い表情を見て、もしかしてという思いは確信に変わった。

「そうなの。今日二つ目の発表」

小夜子の心の声に答えるように、茜は言った。

「できたみたい。三人目」

そしてぺろりと舌を出した。

その後のことはあまりよく覚えていない。歩美が「そろそろ理子を迎えにいかないと」と腰を上げてくれるまでの間、いったい自分はどんな顔で、どんな会話をしていたのか。おめでとうと、ちゃんと笑顔で言えたのだろうか。

帰り際、茜は玄関先で言った。

——最近、けっこう産み控える人が多いじゃない？　なんだかんだいって経済的な理由でしょう。だからこれからは子供の数がステイタスになるかもだわね。

そして歩美に体を寄せて言った。

——兄弟はぜーったい、いたほうがいいわよ。一人っ子じゃ、理子ちゃんだって寂しいと思うわあ。

ぴょんと跳ねて、今度は小夜子にぴったり体を付けてきた。

——みんなに広げよう、妊娠の輪！　なーんて。

そして、女の子もいいけどやっぱり男の子がかわいいわよ、おススメよ、と屈託なく笑った。歩美が、そういうことは軽々しく言うものじゃない、とたしなめてくれなかったら、茜を体ごと突き飛ばしていたかもしれない。小夜子の胸に生まれて初めて芽生えた感情。あれが殺意というものだろうか。

不妊治療のこと、茜に知られていなくてよかった。そうでなければ、あまりにもみじめすぎる。

気づけばいつもの神社にふらふらと立ち寄っていた。狛犬の前を素通りし、挑むようにお社を見あげる。

本当に、私の願いを聞いてくれていますか。無理なら無理だと言ってほしい。お前に子供を産むことはできないと、宣告してくれたほうがどれほどラクか。

足元から力が抜けて、その場によろよろとくずおれる。

いや……たとえ宣告されたとしても、自分はあきらめきれないだろう。子供が好きで、達也が好きで、彼との子供が欲しいと思う気持ちにきっと終わりなどこない。先の見えない孤独な闘いを、この先何年も、はっきりと審判が下されるまで続けることになるのだ。目に入るすべての子供とその母親を、羨望《せんぼう》のまなざしで見つめ、絶望のあまり目を逸らし、胸に黒い雲を飼ったまま――。

うるさいほどの蟬の声が小夜子を包む。

小夜子は、胎児のように体を丸め、声を殺して泣いた。

白衣姿で現われた和希は、ポケットに両手を突っこんだまま、小夜子の顔を二秒ほど見つめた。どうしたの、とは聞かなかった。だまって、テーブルの上に紙コップのお茶を二つ置き、小夜子のためにパイプ椅子《いす》を乱暴に引いた。そして自分も向かいに座った。

ここは和希の研究棟の待合スペースだ。小夜子は下を向いたまま言った。

「ごめんね、仕事中に突然来たりして」泣きすぎたせいで、瞼が重い。「すぐに帰るから」

「別にいいよ。ちょうど暇だったし」

和希はそう言って、ポケットから煙草を取りだそうとした。が、思い直したようにすぐに手を引っこめた。

「いいから吸って。そのほうが気が楽だから」

「じゃあ一本だけ」

和希はアルミの灰皿を手元に引き寄せてから煙草を取りだし、ゆったりと火をつけ、ゆったりと吸った。

ぽう、とともっては小さくなる炎を眺めながら、小夜子は深呼吸を一つした。そして切りだした。

「今日、茜の家に行ってきたの」

和希は静かに煙を吐いた。

「茜ね、三番目の子ができたんだって」

「…………」

「悲しくてどうしていいかわからなくて、それで来ちゃった」目の奥がまた熱くなってくる。「その前に、和希に言わなきゃいけないことがあって」

うん、と和希が相槌《あいづち》を打つ。

「私、ずっと不妊治療してるんだ」

うん。

「会社辞めるって言ったとき、和希すごく心配してくれたでしょう？　あのとき私、上司とソリがあわないから、なんて言ったけど、本当は――」

「わかってたよ」

今度は小夜子がだまった。

「だから心配だったんだ。仕事辞めて、ますます自分を追いこむんじゃないかとか、茜との距離が近くなって、つらい思いするんじゃないかって」

「すごい。図星。私はそこまで考えられなかった。仕事さえ辞めれば、っていう頭しかなくて」

小夜子は紙コップを両手で持って、目を落とした。

「一番つらいのは……自分がどんどん嫌な人間になってくこと」

お茶の表面に、うっすらと顔が映っている。醜くゆがんだ自分の顔が。

「体内の毒素だとか悪いものだとかって、子宮に集まるってよく言うでしょう？　最近思うの。私が嫌なことや意地悪なことを考えるたび、それがぜんぶ集まっちゃってるんじゃないかって。それで赤ちゃんが来てくれないんじゃないかって」

和希は無言のまま、灰皿にトントンと煙草を当てた。

「茜から離れようって思ったこともあったの。けど」

煙草の先から落ちる白い灰を見つめながら、懸命に続けた。

「遠ざかって安心する気持ちも、そばにいて嫌だと思う気持ちも、どっちも同じぐらい汚い気持ちのような気がして。だからそういう気持ちがちょっとでも芽生えそうになると、あわてて押さえこむの。それがうまくいかなかったときは、ごめんなさいって神様に謝って――」

涙がこぼれそうになって口をつぐんだ。

トントン、と煙草の音だけが、静かな室内に響いている。

なんつうかさ、と和希が切りだした。

「小夜子らしいっていうか」

落ちる灰がなくなっても、トントンとやりながら和希は言った。

「昔からそういう、全部自分が悪いって思うようなとこあるからね。だから、考えるなっつっても考えちゃうんだろうけど」

和希は、灰皿に煙草を押しつけて続けた。

「茜も茜で、昔からああいう子だし。在学中は恋愛のことしか頭になくて、会社に入ったら結婚のことしかなくて、結婚したら子供のことばっかりで。たぶんこの後も、やれピアノだ、お受験だって、きっと一生そんな具合なんだよね。別にそれが悪いっていうわけじゃないし、むしろ社会人としては普通で健全なんでしょう。ただ、それを絶対唯一の基準だって、押し売りしてくんのが厄介《やっかい》なわけ」

胸の中の雲はあいかわらず分厚い。けど――。

「みんなアタシについてこいっていう、あの〝上から目線〟がうっとうしくてしょうがない。人の興味や幸せや悩みなんて、それぞれだっていうのに」

和希は切れ長の目で、まっすぐに小夜子を見た。

「なにより、そばにいる人間をこんなに傷つけてる。そのことにまったく気づかない鈍さは、ここまでくるともう犯罪だよね」

和希の言葉の一つひとつが、胸の中の雨雲を溶かしていく。

「私は、茜から少し遠ざかったほうがいいと思う。ただ小夜子がそれをできないっていうなら、しょうがない。やられたときはこうして、こぼせばいいじゃん」

あんなに泣いたのに、まだ涙が出る。

「そのかわり、うちのハゲ所長の話も時どき聞いてよね」

小夜子は思わず笑った。そしてこんなときに笑わせてくれた和希に、やっとありがとうが言えた。

和希は仕事に戻り、小夜子は家に戻った。達也からは帰宅は十一時頃になるとメールがあった。

達也の帰りを待っているうちに、いつの間にかうとうととしてしまったらしい。『イマジン』の着メロで、小夜子はハッと目を覚ました。てっきり達也かと思ったのだが――。

「もしもし、えーと、ばあばですか?」

理子だった。

ううん、小夜子よ、と答えながら時計を見あげた。そろそろ達也が帰ってくる時間だ。

「どうしたの、こんな時間に」

「小夜ちゃんあのね、大変なの」

理子は言った。

「ママがいなくなっちゃった」

達也への書き置きを残し、すぐにタクシーで歩美のマンションへ駆けつけた。ドアを開けてくれたのは、パジャマを着た理子で、後ろには泣きじゃくる麻凛が立っていた。電話で聞いていたとおり、歩美はいない。そして阿斗武も。茜には何度か電話を入れたが、まだ連絡がつかない状態だ。

小夜子は家の中に入るなり、理子の目の高さまでしゃがんで言った。

「理子ちゃん、どういうことか教えてくれる？」

理子はこくりと頷いてから言った。

「今日はね、麻凛ちゃんと阿斗武くんがお泊まりにきたの。茜おばちゃんがお友達のおうちにお泊まりするときは、麻凛ちゃんと阿斗武くんはいつも理子の家にお泊まりするの」

「阿斗武くんは、いついなくなっちゃったのかな」

「わかんない」理子は首をかしげた。「阿斗武くんと麻凛ちゃんと理子はいつも一緒に寝るの。今日も一緒に寝たら、麻凛ちゃんが理子のことを起こして、阿斗武くんがいないって言ったの。それでおうちのなかを探したら、ママと阿斗武くんがいなかったの」

麻凛の泣き声が大きくなる。理子が言った。

「大丈夫だよ、麻凛ちゃん。ママも一緒だからすぐ帰ってくるよ。きっと道に迷っちゃったんだよ」

理子が起きたとき、玄関の鍵は開いていたらしい。ということは誰かが入ってきて二人を連れ去った？　それにしては荒らされた形跡はないし、二人とも靴は履いて出ているようだ。ただ散歩に出たとしても、時間が時間だし、携帯も財布もテーブルの上に置いたままというのは違和感がある。

それともう一つ、気になることがあった。

小夜子は理子に尋ねた。

「理子ちゃん、パパは？」

「パパは今日はいない日」

その意味を尋ねようと言葉を探していると、理子が小夜子の顔をじいっと見て言った。

「小夜ちゃん、お目目どうしたの？」

思わず苦笑して、腫《は》れた瞼《まぶた》をおさえた。

「悲しくなっちゃったの？」

そう言って理子は、小夜子の前髪のあたりを撫でた。

「ママもね、パパがいない日は、えんえんするから、理子がよしよししてあげるの」

「そう」小夜子は理子のもう片方の手をにぎった。「理子ちゃんはやさしいね」

とりあえずリビングで二人が戻るのを待つことにした。

麻凛は泣き疲れたのか寝てしまった。理子は小夜子の正面に座って、あくびをしたり、足をぶらぶらさせたりしている。

何の進展もないまま、とうとう日付が変わった。

「理子ちゃん、ママの行き先を知りたいんだけど」小夜子は歩美の携帯にそろそろと手を伸ばした。「この中身、ちょっとだけ見てもいいかな」

理子がこくりと頷いたのを受けて、携帯を開き、受信履歴を見てみる。一番新しい着信は十八時三分。以下、誰々ママという表示がずらりと並んでいるが、この中に、この事態に関わっている人がいるんだろうか。だとしても見当のつけようがなかった。

次に、発信履歴を見ていった。ふと、スクロールする指が止まった。

深夜早朝の不自然な時間帯の発信が目立った。一時四十三分、五時十三分、五時四十二分、二十三時五十八分……しかもそれらはすべて、茜の自宅にかけられている。

ざわざわと胸が騒いだ。

「理子ちゃん。おうちの中も少し見せてもらっていい？」

理子は目をこすりながら、頷いた。

小夜子は椅子から立ちあがり、白いハイチェストの前に立って引き出しを開けていった。二段目に、一冊のノートがあった。水色の表紙に書かれたＤＩＡＲＹの文字を見て、そういえば歩美が学生時代、かかさず日記をつけていたことを思い出した。ためらいながらもノートを開いた。表紙の、小さな丸い文字とは打って変わって、感情的に殴り書きされた文章が目に飛びこんでくる。

――今日も帰ってこない。あの女のところに転がりこんでいるのか。

小夜子はとっさに後ろを見やり、理子から見えないように体の向きを変えた。

――夕方にはまた姑《しゅうとめ》から電話。今週これで三度目だ。自分の息子がいかに優秀か、その跡継ぎがいかに必要かということを、馬鹿《ばか》のひとつ覚えみたいに言ってくる。大事な大事なその一人息子が、今どんな生活をしているかも知らないで。いや、あの姑のことだから、息子の浮気を歓迎するのかもしれない。相手は若い女に限るとか何とか、助言までするのかも。跡継ぎさえ産んでくれる女なら、きっと誰だっていいのだ。茜からは〝今日も子供を預かって〟と急に連絡が入る。いい加減にしてほしい。断ろうとすると〝男の子ができたときの予行演習だ〟と。確信犯。私が二人目を――男の子をほしがっていることを知ってて放つ常《じょう》とう句《く》。女はやっぱり、男の子を産んで育ててこそ? それができない女は不幸? 悔しい。つらい――。

引き出しの中には、姓名判断の本も入っていた。何度もめくったような跡と、無数の書きこみがある。翼、拓海、陸に俊介……男の子の名前にばかり丸印がついている。ほかにも、産み分け法、不妊治療といったタイトルの本が、料理本の後ろにひっそりとしまわれていた。

まるで、ウチと同じように。

歩美を探さないと。

背後から「小夜ちゃん」と声がした。

「小夜ちゃん。ママ帰ってくるよね」

「大丈夫よ」と小夜子は答えた。

「ねえ理子ちゃん」しゃがんで、理子の肩に手をのせる。「一人でお留守番、できる?」

理子は言った。

「一人じゃないよ。麻凛ちゃんがいるもん」

小夜子はマンションから飛びだした。周辺の公園やコンビニやファミレス。片っ端から探していくつもりだ。

手の中の携帯が鳴った。達也からだ。

「大丈夫か?」

「うん。茜のご主人にもさっき連絡した」大阪に出張中とのことだった。

「俺も今からすぐそっち行くから」

「ありがとう」立ち止まって、お腹に手を当てる。「達也……ごめんね」

「ばか、何言ってんだ。お前こそ、別に今日で何もかもが終わりってわけじゃないんだからな」

電話を切った瞬間、頬にぽつりと雨粒が当たった。見あげると、夜目にもそうとわかる雨雲が空を覆っていた。息苦しいほどの暑さと湿度。

こんな夜に、歩美はどこに行ってしまったんだろう。

ふたたび歩きだしたとき、ふと、ある場所が思い浮かんだ。歩美もおそらく通っていたであろう場所。

もし自分だったとしたら。こんなときに、向かうとしたら。

小夜子は直感にしたがった。

大通りから砂利道に入り、しばらく歩くと鳥居が見えてきた。まばらに立つ灯籠《とうろう》が、心もとなく石段を照らしている。そこを一段一段上がっていくうち、男の子の泣き声が聞こえてきた。

暗闇の中に狛犬があらわれて、そして――。

歩美はお社の前に立ち尽くしていた。阿斗武の手を握り、こちらに背を向けている。

「歩美」

声は届いたはずだった。なのに歩美は振り向くどころか、ぴくりともしない。阿斗武はこっちに駆けてこようとしたが、歩美にぐいと引き戻された。

雨脚が強くなってきた。蟬は昼間のかまびすしさが嘘のようにだまりこんでいて、その代わりに、葉が土が石が、雨に共鳴するかのように激しく音を立てている。

小夜子は一歩一歩、二人に近づいていった。

手を伸ばせば届く距離まで近づいたとき、歩美のつぶやきが聞こえた。

「今回こそはと思ったのに」

肩が小刻みに震えている。小夜子は、歩美の手からそっと阿斗武の手を離し、その小さな体を引き寄せた。歩美は空いた手をぶらんと下げたまま、言った。

「生理がきたの。ついさっき」

小夜子は、阿斗武の両耳を自分の両手でふさいだ。

「なんで茜ばっかり。好きなことして、不倫までして、男といるあいだ平気で私にその子を預けて、ぽろぽろぽろぽろ犬みたいに妊娠して。今回の子なんて、相手がどっちだかわからないなんて言ってるのよ」

歩美がゆっくりとこっちを向く。

うつろな視線はまず私にそそがれ、次いで阿斗武に移った。

「その子の寝顔を見てたら、たまらない気持ちになって……」

歩美の髪の毛やアゴから、雨の雫《しずく》が、涙のように垂れ落ちている。

「どうして？　理子のときはあんなに簡単だったのに、どうしてできないの」

歩美はその場にすとんと座りこんだ。阿斗武がおびえたように小夜子にしがみついてくる。

それでも……あなたには理子ちゃんがいる。小夜子は阿斗武の頭を抱き寄せながら、心の中でつぶやいた。

まるでそれが伝わったかのように、歩美が叫んだ。

「一人いるからいいじゃないなんて、どうしてみんな簡単に言うの。どうしてそれを、身内が言ってくれないの。二人目不妊がどれだけつらいか、どうして誰もわかってくれないの。私が何をしたの。何で私ばっかりこんな目にあうのぉ」

顔を覆う歩美の脇に、小夜子もしゃがみこんだ。

そして言った。

「そうだね」

歩美が静かに顔を上げる。

「不公平だよね」

歩美は泣き腫らした目でこっちを見た。小夜子も、じっと見つめ返した。

「私もね、病院に通ってるの。理由は歩美と同じ」

あの日、歩美があの話を切りだしたのは、ＳＯＳだったのかもしれない。

「ごめんね、気づいてあげられなくて」

声を上げて歩美は泣いた。そうしてひとしきり泣いたあと、ごめんねといって阿斗武を抱きしめた。阿斗武は思い出したようにまた泣きだした。

三人で石段をおりる。

おりながら、歩美は言った。

「茜には、ちゃんと謝るつもり。全部話して……お泊まりだけはもうやめにしてもらうわ。たぶん、向こうのほうから願い下げだろうけど」

雨ではない雫が、歩美の頬の上を滑り落ちる。

「ありがとう小夜子。私、小夜子がいなかったら今頃――」

今日のこと、一生忘れない。そう言って鼻をすすった。

「実はね、名前はもう決めているの」

そう、と小夜子は相槌を打つ。

「優大って名前にしようと思うの。人を思いやる優しい子、大きな心を持つ子になるように」

小夜子は阿斗武の頭を撫でながら、いい名前ね、と答えた。

「でしょう?」

歩美の顔がぱっと輝く。叩きつけるような雨の中、どこかで、ジ、ジ、と蝉が呻《うめ》いたような気がした。

砂利を踏みしめながら、歩美は独り言のように繰り返した。

ずっと一緒にがんばろうね。

だって、この苦しみがわかるのは女同士だけ。
同じ経験を持つ者同士だけだもの——。

ホームシックシアター

毎週金曜日の午後九時に、その人はやってくる。チャイムが鳴ると、私はインタホンを持ちあげ、何も言わずに一階のオートロックを解除する。それと同時に玄関へ向かい、ドアの鍵を開けておく。こうしておけば彼は、するりと部屋の中へ入ってくることができる。玄関先でもたついていると、誰かに見られるかもしれない。用心深い彼がそう心配したため、二人の間でとりきめた。

今日も彼はきっかり五分前にあらわれた。全身に冷気をまとい、左手に大量のチラシを握って。

「ポストからあふれそうになってたよ」

彼はよく磨かれた黒い革靴を脱ぎながら、チラシの束《たば》を手わたしてきた。その瞬間、束の間からメモ用紙ぐらいの小さな紙がひらひらと舞い落ちた。彼はそれには気づかずに、慣れた足取りでリビングへと歩いていく。私はその背中を横目で見やりながら、フローリングの上に落ちたメモを拾った。

——出て行け。

不快ではあるが、衝撃はない。こういう嫌がらせは、別に初めてではないからだ。顔を上げてリビングを見ると、彼はちょうど脱いだ上着をソファの背にかけ、ネクタイをゆるめているところだった。

このメモを、あの人は見ただろうか。

たとえ見たとしても、おそらく黙殺するだろう。口さえ堅ければきっとどうだっていいのだ、私という女がどういう類《たぐい》の人間であろうと。それはお互い様だった。

私は寝室のカーテンを引きながら、窓に映る自分の姿を見た。茶色く抜けた髪の毛先が、バスローブの肩のところで撥《は》ねている。厚めの唇に口紅は塗っていない。家の中にいるときは誰が来ようといつもすっぴんだ。

シャワーの音が聞こえてきた。

私たちはこれから酒を飲むわけではない。一緒に食事をするわけでもない。彼が浴室から出てきたらまっすぐ寝室へ向かい、ベッドにもぐりこむ。そして言葉もなく、お互いの欲望を果たす。それだけだ。

彼と出会ったのは去年の夏だった。暇つぶしにぶらりと行った、隣町の火葬場建設反対集会でのことだ。私は別に、どこぞのチンケな森がつぶれようと、樹齢百年の桜の樹が切られようと、何とも思わない。単に、おもしろそうだから参加しただけ。案の定、怒号が飛び交うわ泣き出す女がいるわで、荒れに荒れた。そしてさらに思いがけない拾い物をしたのだった。

ポロシャツやTシャツ姿の参加者が多いなかで、一人だけスーツにネクタイ姿の男がいた。私はそのまじめぶった、いかにも小金を持っていそうで、スケベそうで、小心そうな顔をした男が気にいり、声をかけた。もちろん、左手の薬指に指輪があることも確認済みだった。独身男には、その一ヵ月ほど前に出会い系サイトで知り合った男で、こりごりしていたからだ。そいつは私より五つ下の二十六歳だったにもかかわらず、粘着質で余裕がなくて、私がもう寝ないし会わないと告げると、脅迫めいたことをほのめかしてきたりした。

その点、彼はS電鉄の部長さんだけあって、四十九という年齢に相応の大人だ。そしてマメ。我ながら自分の嗅覚《きゅうかく》は正しかったと、今こうして肌をあわせていてつくづく思う。

彼が帰るのはだいたい十一時から十一時半の間で、それまで、たわいのない話をしたりする。

「それにしても驚いたな」彼は仰向けの状態のまま言った。「隣に人が入ったのか」

「本当？」私は体を起こして、ベッドサイドの煙草《たばこ》ケースに手を伸ばした。

「ああ。さっき下から見たら電気がついてた」

彼はここへ来るときは必ず、道路をはさんだ向こうの歩道から、一度マンションを見あげるのだという。

私は、ふうん、と鼻で返事をした。

「いつの間に。気づかなかったわ」

そう言いながらガラムに火をつける。視界の隅で、彼が顔をしかめるのがわかった。この甘ったるい匂《にお》いがどうも好きになれないらしい。

「俺ならごめんだな。人が一人、死んでる部屋なんて」

ごめんだな、は彼の口ぐせだ。おかげで最近、私の思考や独り言にも、この言葉が紛れこんでくる。私は煙を細く吐きだしてから言った。

「世の中には物好きがいるのよ」

「類子《るいこ》みたいな？」

私が眉間《みけん》に皺《しわ》を寄せると、にやっと笑って続けた。

「隣であんなことがあったのに、好き好んでこのマンションに住んでるじゃないか」

「ああ」私はうめくように応《こた》え、クリスタルの灰皿の上でとんとんと煙草を叩いた。

だって私はこの家を気にいっている。まわりで何が起きようと誰が死のうと、ここを出ていく理由にはなりえない。

彼が帰ったあとはゆっくり湯船につかるのが習慣だ。そして、焼酎《しょうちゅう》のボトルとグラス、ポットを持って赤いカウチソファに腰かける。

十二畳のリビングは、夜になるとシアタールームに変貌《へんぼう》する。

私はデッキに『ロッキー』をセットし、再生ボタンを押した。八十インチワイドのスクリーンに、ほどなくしてタイトルが現れた。何度観たかわからないが、テーマソングのあのトランペットを聞くだけで毎回ワクワクする。

スピーカーは全部で五つ、部屋の四隅と正面に置いてある。ドルビーデジタル五・一チャンネル対応とかいう、よくわからないがとにかくすごいスピーカーだ。部屋中に満ちる音の広がり、迫力といったらない。

スクリーンの世界にどっぷり浸りながら、焼酎のお湯割りを飲む。肴《さかな》は、ローテーブルに出しっ放しにしている袋入りのサキイカでじゅうぶんだ。並んで一緒に映画を観る〝誰か〟も要らない。この貴い時間は絶対、一人で楽しみたい。

ああ、ここ。この、ロッキーがミッキーに怒声を浴びせたあと、走って追いかけるシーン。肩を抱いて握手する。なんというお人よしだろう。まわりからさんざん冷遇され、裏切られて、それでもけっきょく許してしまうなんて。

許す。私だったらごめんだな。

お尻をずらし、ソファの上に横になる。そばに置いておいたカラシ色の毛布を引き寄せて、肩までかけた。ウールの手触りと温《ぬく》もりに包まれ、全身がほっと息をつく。

このホームシアターセットについてレクチャーしてくれたのは、やはり出会い系サイトで会った男だった。私が「唯一の趣味はＤＶＤを観ること」だと言ったら、いやに購入をすすめてきたのだ。家電量販店の店員だったと知ったのは後になってからで、ハメられた気がしないでもなかったけれど、今では感謝している。

私はこの空間とこの時間を愛している。この世の何もかもから切り離されているような、非現実的空間。ここで過ごす数時間のために、一日を生きている。そういっても過言ではない。

エンドロールが流れる。

ボクシングで返り咲き、人々から愛され、すべてが万々歳。銀幕の中の物語。その余韻《よいん》に浸りながら、私はよろよろと立ちあがった。いい具合に酔いがまわっている。

台所に立ち、水道の蛇口をひねろうとした。そのときだった。

何か聞こえてくる。

すすり泣くような……声？

私は手を止めて、その声に集中した。

女のようだった。泣き声はだんだん大きくなり、やがて号泣へと変わった。どうやら隣室――五〇二から聞こえてきているようだ。壁に右頬《ほお》を押しつけて耳を澄ましたが、泣き声以外は聞こえてこない。

引っ越し早々、真夜中に泣く女。何かワケがありそうだ。

どんな女だろう。

とっさに、髪の長い、独身の女が連想された。年の頃は三十半ばといったところか。しかしよく考えればそれは、前の住人そのままのイメージだった。あの部屋で、黒髪の女がうずくまって泣いている姿を想像すると、化け物だの何だのをまったく信じない私も、さすがに背筋が冷たくなる。

やがて泣き声はやみ、何も聞こえなくなった。

時計に目をやると、もう三時近かった。いつものようにＤＶＤだけ片付けて、グラス類はそのままにしておく。

電気を消して廊下に出た瞬間、トイレの水流音が聞こえてきた。合間に、苦しげなうめき声も聞こえる。吐いているような気配だ。

ますます興味をそそられたが、足元から冷気が這《は》いあがってきて、くしゃみが出た。あわてて寝室に駆けこみ、整髪料とコロンのにおいが残るベッドにもぐりこむ。眠気は吹き飛んでいた。

なんだか、おもしろいことになりそうだ。

翌日の土曜日は、夫、高林修一郎のモーニングコールで起きた。

「やっぱりまだ寝てたのか。君は本当に朝に弱いな」

受話器の向こうから、こもったような修一郎の声が聞こえてくる。いつもながら、からかうでも詰《なじ》るでもない、理科の実験結果を述べるような淡々とした口調だ。私はその抑揚のない声を聞きながら、目をつぶったままベッドの中で寝返りを打った。

「今朝の札幌はマイナス六度だよ」

修一郎は食品会社に勤めている。入社以来ずっと首都圏勤務だったが、去年の四月、札幌に転勤になった。私たちがこのマンションに一緒に住みはじめて、三ヵ月目のことだった。

「今朝、朝市に行ってきた。蟹《かに》を送ったよ。明日届く」

「ありがとう、うれしいわ」

私は布団の中であくびをかみ殺した。

修一郎はさらに、聞いてもいない近況報告を続けた。このまえ風邪《かぜ》を引いて一日会社を休んだとか、町中で中学の同級生に偶然会ったとか。彼は生まれも育ちも札幌なのだ。

そして最後には、お決まりのあのフレーズを口にした。

「何も変わりないか?」

手紙でいえば拝啓とか敬具みたいなもので、こちらの回答に興味はないのだ。

私は電話を切ったあと、ベッドサイドでホコリにまみれている写真立てを見あげた。挙式を挙げない代わりにせめてと修一郎が言いだし、写真館で撮った二人の写真だ。借り物の衣装でぎこちなく笑う二人の間には、二枚の写真を切り貼《ば》りしたような不自然さがある。修一郎の細い目も、四角い顔にはりついている海苔《のり》のような眉毛《まゆげ》も、いまだに他人のもののようにしか思えない。時どきこうして写真を見ないと、眉毛以外の特徴を忘れてしまいそうだ。

――いい人見っけたわ。

母親が、当時五十歳だった修一郎との見合い話を持ってきたのは、この写真を撮る半年前のことだ。

そのとき私は二十九だった。高校を卒業した直後こそ地元のスーパーに就職したが、人間関係に嫌気がさして一年で退職。それからは、たまにアルバイトをしながら厚木の実家でプラプラしていた。

プラプラといったって、それほどいいものじゃない。

小さい頃から私は、親に放ったらかされて育った。放任というより放置。両親は、仲は悪かったが、何か与えておけばいいという教育方針だけは一致したらしい。おかげで私のまわりには、物心ついたときから常にマンガやらゲームやらビデオやらがあった。現実離れした虚構の世界はどれも魅力だったけど、なかでもハマったのはビデオを通じて観る映画の世界だった。ジャンルは何でもいいが、邦画よりもだんぜん洋画。物語が派手であればあるほど、自分の住む世界とかけはなれていればいるほど夢中になった。毎日のようにビデオをレンタルしてきては自室にこもり、毛布にくるまって、十四インチの小さな画面に見入ったものだ。

あるとき母親が言った。

——いい加減、出てってくんない。

もともとにこやかな顔立ちの人ではなかったが、それにしたってその言葉は、いつも以上に苦く歪んだ顔から、まるで痰か何かのように吐きだされた。そして私は汚物のようなその言葉に、素直に従った。こっちはこっちで、いろいろなこと――早く厄介払いしたいといわんばかりの母親の顔にも、親戚や近所の「最近類子ちゃんはどう?」というお仕着せがましさにも、いい加減ウンザリしはじめていたから。

修一郎の第一印象は、可もなく不可もなく、というものだった。それで十分だった。私が必要としていたのは、戸籍上、男である誰か。そしてその誰かが安定的に運んできてくれるお金のみだった。

その修一郎が、奇跡的な、理想以上に理想の男だとわかったのは、二度目に会ったときだ。彼ははっきりとこう言った。自分が結婚するのは体面ゆえであり、何かあれば迷わず妻より親をとる、そのぶん君も好きにやってくれてかまわない、と。修一郎には過去に二度の離婚歴があり、三度目のそれを恐れていることが言葉の端々からうかがえた。作らないのか作れないのか子供も要らないという。

かくして私は結婚という免罪符を手に入れた。これでもう誰から干渉されることも、労働を強制されることもない。

修一郎は今、親元にいるが、定年したらあっちで暮らす腹づもりなのだ。

定年後どころか、ずっとあっちにいてもらってかまわない。今回の正月休みみたいに、いっさい帰ってこなくてかまわない。毎月約束の額を仕送りしてくれ、冬は蟹、夏はメロンというふうに、年に幾度か季節のものを送ってくれれば。

完全なる自由。

なんてすばらしいんだろう。

そのためには修一郎にはぜひ元気で、がんばってもらいたいと思う。

私はのそのそとベッドから這《は》いでて、リビングに転がっていたビニール袋から、クリームパンを取りだした。期限は一日過ぎているが問題ない。かぶりつくと、クリームの甘みが頬の内側に染みた。ああおいしい。一気に食べたあとは冷蔵庫から牛乳を出し、パックに口をつけて喉に流しこんだ。

朝食——といっても十一時を過ぎているので昼食といってもいい時間ではあるが——をとってしまうと、やることがなくなった。お腹《なか》をかきながら、ちらりとホームシアターのスクリーンを見やる。あれはあくまで夜に観るものだ。

スロットにでも行くか。

私はスノーフレーク模様の紺のセーターを着、ロングスカートと分厚いタイツを穿《は》いた。白いキルトのジャケットを羽織りながら玄関へ向かい、しゃがみこんでショートブーツを履く。寒いのはごめんだ。

勢いよくドアを開けて外に出ると、隣室――五〇二号室の前に、若い女が立っていた。「あ」というふうに、目を大きく見開いてこっちを見ている。

ふんわりしたオレンジ色のタートルネックセーターを着ていて、その下から、ジーンズの脚がすらりと伸びていた。小枝みたいに細くて長い脚だ。お尻が小さくて、全体的に少年のような体つきをしている。

女はおずおずと声をかけてきた。

「あの、五〇一の方、ですよね」

「そうだけど」

「私、隣に引っ越してきた大山実夏《みか》といいます」

そういってペコリと頭を下げた。

「ああ」あんたが、という言葉は飲みこんだ。その代わりに、まじまじと女の顔を見つめた。

顔が小さくて、少し吊《つ》りあがり気味の目はぱっちりと大きい。髪は、耳を出したベリーショートで、猫みたいな女だ。想像していたイメージとはずいぶん違う。

すばやく腹部もチェックしたが、妊娠しているようなふくらみは見てとれなかった。ということは昨日のあれはツワリではないのか。

私が何も言わないせいか、女は居心地《いごこち》悪そうにしている。

「どうも。五〇一の高林です」

軽く会釈してみせると、女はやっと表情をゆるめた。そして細い肩をすくませて申し訳なさそうに言った。

「まだバタバタしてまして。ご挨拶《あいさつ》は改めて伺います」

にっこり笑い、深々と頭を下げた。

あの疑問が、ますます頭をもたげてくる。

彼女は知っているんだろうか。ここで殺人事件があったことを。


　事件があったのは、去年の十月二十三日、午前四時だった。五〇二号室の住人が、部屋に押し入ってきた男にめった刺しにされたのだ。刺されたのは木暮柊子《こぐれとうこ》という三十五歳のＯＬ。刺した男は――名前がちょっと思い出せないが、階下の四〇二号室の住人だった。そのため、このマンションは一躍、全国の注目を浴びることとなった。

　上空をヘリが飛び、マンション前に報道陣のカメラが連なり、撮られた映像が日本中に流れる。私も何度かインタビューに答えた。

　けれどそれも一時のことだった。精神鑑定の結果、男は責任能力なしとみなされ、不起訴処分となった。マンションには静寂が戻り、殺人事件のあったマンションというレッテルだけが刻印のように残った。

それと前後して、櫛の歯が抜け落ちるように住人が去っていった。惨劇の舞台となった五〇二と四〇二はもちろん、その周辺——特に四階と五階はおおかたが出ていき、そのまま借り手がつかないでいる。賃料が唯一の収入であるこのマンションは今、二十五戸あるうちの半数近くが空いているそうだ。

正直言って、私は事件に何の感慨もない。あるのは、ただただ身近ですごい事件が起きたという興奮だけ。事件の核心に限りなく近い場所で過ごす毎日は、何とも言えず刺激的だった。事件が沈静化してしまったときには、心にぽっかり穴があいたような、寂しい思いがしたものだ。

私は駅までの道のりをのんびり歩いた。駅前のパチンコ屋までは二十分強というところだが、この調子でちんたら歩けば三十分近くかかる。このあたりは閑静な住宅街が広がっているが、ところどころ畑が残っていたりして、A区の中でものどかな一帯だ。

公園で何人かの子供たちが遊んでいた。それを見守る母親の姿もある。

入り口を通りかかったとき、私の足元にサッカーボールが転がってきた。

「おばちゃーん」

敷地内の子供たちが、こっちに手を振っている。元気の記号みたいなその姿を見、次いで足元の丸いボールを見下ろした。こいつを思い切り蹴《け》ったら、たしかに気持ちが良さそうだ。

私は二、三歩後ずさり、勢いをつけて力いっぱいボールを蹴った。ボールはあらぬ方向へ飛んでいき、公園内の植え込みの中にぼさっと落ちた。子供たちがあっけにとられた顔をしている。そのうちの一人があわててボールを拾いにいった。そのマヌケ面がおかしくて、私は声をあげて笑った。

母親たちが、怪訝《けげん》そうにこっちを見る。

子供も、母親という存在も嫌いだ。

なぜと聞かれてもわからない。ただ嫌なものは嫌。私は嫌なことはやらないし、嫌なものには与《くみ》しない。そのかわり、やりたいことは何が何でもやりとおすし、そのために必要なものには喜んでしっぽを振る。

スロットでは二万円すった。今月の生活費はこれですべてパアだ。けれど、パチンコ屋の外に出たころにはすっかり日が落ちていたので、私は満足だった。毎日、夜になるまで——スクリーンの前でソファに身を沈めるまでの時間をどうやってつぶすかが問題なのだ。

私は大通りから一本道を逸《そ》れ、消費者金融の無人ATMの前に立った。

この一年で、ちょこちょこ借金を重ねてしまった。すべてスロットが原因だ。借り入れ額は、一番多いときで五十万ほどあったが、今のところ半分ほどに減っている。修一郎にバレないうちに、早いところ完済しなければならない。

——借金だけはしないでくれよな。

結婚前、修一郎から唯一言われたことだ。しかも禁じられてまではいないが、私がスロットをやることを、修一郎はあまり好ましく思っていない。ホームシアターセットには、ぽんとお金を出したくせに。妻には興味がなくとも、妻の持つ趣味は気になるらしい。

考えに考えて四万円下ろした。正確には下ろしたのではなく借りたわけだが、とにかく、修一郎から振り込みのある月末までこれでしのがなければならない。

夕飯はマクドナルドにした。ビッグマックと、いちごのシェイクと、ナゲット。DVDのお供に、チキンフィレオとポテトのLも買った。コンビニにも寄って、明日の朝ごはんのメロンパンを買ってから家路についた。

信号を待ちながらマンションを見上げると、廃墟《はいきょ》みたいな真っ暗闇《くらやみ》の上層階に、ぽつんと一つだけ明かりがついていた。大山実夏の部屋の明かりだ。

エントランスに入り、ポストをのぞく。新聞は修一郎がいなくなってから取っていない。

大量のチラシにまぎれて、また匿名《とくめい》のメモが入っていた。今日のはＡ４サイズの紙にぎっしり文字がつづられている。

「貴女は御自分がどれだけの不快感を他人に与えているかお気付きですか。私はかつて此れほどの憤りを他人に感じたことは御座いません。なぜなら私が此れまで御付き合いしてきた方々は皆――」

最後まで読みきらないうちに、くしゃくしゃと丸めた。こうした嫌がらせは入居後まもなく始まった。文面や筆跡（といってもワープロ文字だが）からすると、送り主はどうやら一人だけではないらしい。誰が何のためにやっているんだか知らないが、ご苦労なことだ。しかも私を怯《おび》えさせていると思っているなら、とんでもない見込み違いだった。むしろ退屈な毎日のちょっとしたスパイスになっているのだから。

郵便物も一通入っていた。管理会社からのものだ。手でびりびりと封を破り中を見てみると、話し合いを持ちたい云々という、相変わらずな内容の手紙が入っていた。話し合いも何も、私が申し立てている通り、匿名メモをこそこそ投函するような輩をあぶり出し、さっさと慰謝料を払わせればいいだけのことだ。

私は手紙を半分に切り裂き、丸めたメモと一緒に、エントランス脇のゴミ箱に投げ捨てた。

帰宅してすぐ玄関のチャイムが鳴った。来訪者は大山実夏だった。

今日も分厚いセーターに身をつつんでいる。体のラインがわからないよう、わざともったりした服を選んでいるのか。だとしたらやっぱりお腹のラインを隠そうとしているのかもしれない。

「夕飯の時間にすみません。これ、よかったら召しあがってください」

紙袋を手渡してくる。N区にある『かをり』のだ。

「レーズンサンドです。お好きかどうかわかりませんが」

「どうもわざわざ」

私は袋を受け取りながら、さりげなく切りだした。いきなり核心をつくのもいいが、あえて遠まわしに質問してみる。

「他の家へはもう挨拶にまわった？」

「いえ、まずは高林さんのお宅に伺おうと思って。なので、これからです」

「言っとくけど空き室だらけよ。お宅の真下とその両隣、それから」私はドアから顔を出して、五〇二の向こう側――五〇三から五〇五をアゴでさした。「あっちも住んでない」

「じゃあ、この階は私たちだけなんですね」

「そういうこと。レーズンサンド、買っちゃってたらご愁傷様《しゅうしょうさま》」

「実はまだなんです。ゆっくりまわろうと思ってたんで」実夏は笑顔になった。「教えてくださってありがとうございます」

やはり事件のことは知らないのではないか。その公算が大きくなってくると、居ても立ってもいられない気持ちになる。ぜひ自分の口から聞かせてやりたいし、聞いたときにどんな顔をするかも見たい。

実夏が、お邪魔しました、と頭を下げて去っていく。

私は足をのせていただけのサンダルを履きなおし、外に出た。実夏は、五〇二のドアの向こうに消えていこうとしている。

駆け寄って、すばやくドアの隙間《すきま》に足を差し入れた。

「ちょっといいかしら」

実夏は驚いたように目を開いた。あるいはもともと、そういうふうに見える目なのかもしれない。

「よかったらお茶でも飲まない？　せっかくだから、レーズンサンド、一緒に食べましょうよ。時間が時間だから、食事でもいいわよ。ピザでも取る？」

実夏は面食らっている。「せっかくですけど、用事がありますので……」

私は家の中をちらりと見やった。あれ以来——去年のあの事件の日に入って以来だ。

「ちょっとだけお邪魔していい？」

「困ります。散らかってるし」

「手伝うわよ、片付け。こう見えても力はあるし」

室内は暗かった。電気が一つもついておらず、散らかっているどころか、やけにがらんとした雰囲気だ。

突き当たりのリビングを見通そうとすると、実夏は強引にドアを閉めようとした。

「ホントにあの、お気持ちだけで」

その頑《かたく》なな態度に、私は作戦を切り替えることにした。

「わかった。じゃあ明日の夜はどう？　実は北海道にいる旦那から、蟹が届いたばかかりなの。うちで鍋パーティでもしましょうよ。歓迎会を兼ねて」

「でも……悪いですし」

「気にしないで。どうせ一人じゃ食べきれないんだから」

実夏は考えるような顔になったが、やがてこくりとうなずいた。

「じゃあお言葉に甘えて」

そう返事をした次には、さっきまでの屈託ない笑顔をうかべていた。


翌日、実夏は約束の七時きっかりにやってきた。

「間取りはまったく一緒なんですね」

キョロキョロしながら入ってきて、壁にかかっているスクリーンに目を留めた。

私は電源を入れ、映像と音を流しながら、スクリーンやスピーカーの性能について説明した。どれも出会い系男の受け売りだったが、実夏は食い入るように装置を見ながら耳を傾けている。特に五つのスピーカーに興味を持ったみたいで、「ここからいっせいに音が出るわけですね」と感心したようにうなずいていた。私は実夏をソファに座らせ、少しずつ音量を上げていった。

「ね、体が音に包まれるような感じになるでしょう？」

座ったまま目をつぶって聴き入っているので、実夏さんも買ったら、とすすめてみた。実夏は、私なんかにはとてもとても、とかぶりを振った。

「あら、それほど高いものでもないのよ」

私は台所に立ち、コンロに鍋をのせた。

まだ何も用意していなかった。ついスロットに夢中になって、帰ってきたのがついさっき。ふだん料理をしないから、鍋やまな板を引っ張りだしていたら、時間になってしまった。

実夏が、手伝います、といって隣に立った。ものすごいスピードで、野菜やら魚やらを切っていく。

「若いのにたいしたもんね」

私が酒の用意をしながら言うと、実夏は首を振って苦笑した。

「そんなに若くないんです。もう二十八ですから」

二十八が若くないとは思わなかったが、実夏が二十八というのは意外だった。

「てっきり学生かと思ってたわ」

「こう見えても主婦なんです。いちおう、ですけど」

「あら。じゃあ今旦那さんも一緒に?」

「いえ」鍋に材料を入れながら、首を横に振る。「別居中なんです」

「へ、え」

だからあの晩、泣いていたのか。

私は立ったまま手酌でグラスに焼酎を注《つ》ぎ、お湯で割って実夏にすすめた。実夏はすみませんとそれを受け取った。

「早いとこ元《もと》の鞘《さや》に戻るといいわね」

「実は今、離婚に向けて協議中なんです。その協議がなかなか進まなくて」

「理由は？」

「いろいろあるんですけど……まあ、そのうちの一つは、ありがちといえばありがちですけど、浮気です」

私は短く、そう、とだけ答えた。

バレるような浮気をする男は最低だ。うまくやれない奴は、最初から手を出すべきじゃない。

「しょせんは他人だったということでしょうか」

実夏は火加減を見ながら、寂しそうに笑った。

ローテーブルに鍋敷きを置き、その上に、ぐつぐつ煮えたぎる鍋をのせる。私たちは鍋をはさんで向かいあって座った。

実夏は座るなり、てきぱきと小皿によそい、私の前にそれを差しだした。

「いい奥さんだったろうに」

お世辞でなくそう言った。

「私も、そう思ってはいたんですけど」

実夏が自虐的に笑う。

お互い、すでに台所で飲んではいたが、まずは乾杯をしなおした。実夏も焼酎が好きらしく、ぐいっとあおり、すぐに二杯目を注いだ。

鍋の湯気の中で、蟹の朱色の鮮やかさが際立っていた。

「蟹おいしい」

「食品会社に勤めてるから、舌だけは肥えてんのよ」

「いい旦那さんですねえ」

実夏はそう言いながら蟹に手を伸ばした。脚の部分に庖丁《ほうちょう》を入れ忘れたというので、ハサミでも持ってこようかと言ったが、実夏は「大丈夫です」と豪快に噛《か》みつき、そのまま歯でばりばりと殻を砕いた。手際よく身をかきだし、箸《はし》ですばやく口に運ぶ。

しゃぶりつくすようにして汁をすする。実夏は実によく食べた。箸も口も休む暇がないほどだ。

「実夏さんて、もしかして妊娠してる？」

「なんですか突然」実夏はやっと箸を置き、目をパチパチさせながら胸をおさえた。

「してませんよ」

「すごい食欲だからさ」

「たしかに」ペロリと舌を出した。「我ながら怖いときがあるんです。もしかしたら、体が力を取り返そうとしてるのかもしれないですね。この数ヵ月で、十キロ以上痩《や》せましたから」

「離婚のせい？」

「ええまあ。別れるときのほうが、エネルギーが要るってよく言いますけど、あれ本当ですね。こんなにつらいとは思わなかった。父もノイローゼ気味になって入退院を繰り返したりして」

そこで初めてつらそうに顔を歪めた。

「すみません。なんか暗い話で」

「別にいいんじゃない。暗い話は暗い顔ですれば」

「でも今は、これからのことで頭がいっぱいなんです。ずっとうじうじ悩んでたけど、やっと気持ちを切り替えられそうっていうか。いい加減、勇気出して次に踏みださなきゃと思って。やりたいこともあるし」

「へえ、何？」

「それはナイショです」

肩をすくめ、うふふと笑う。

「しかし十キロ痩せたってのはすごいね」

私は自分のお腹やお尻をつまんでみた。三十を超えてから、変なところに肉がつくようになった気がする。そうぼやくと、実夏はまたうふふと笑った。

「色っぽいですよね、類子さんの体って。男の人が放っておかなそう」

焼酎のボトルが空いた。実夏につられているのか、相当早いピッチだ。珍しく目の前がかすんでいるが、気分は悪くない。

私は、ずっと聞きたくてうずうずしていた例の質問をぶつけてみることにした。

「なんでこのマンションに越してきたの？」

「場所とか広さとか、ちょうどいいなと思って。昔、隣町に住んでたことがあるので土地鑑があるんです。最近も、ちょくちょくこの近くまで来ていたし」

私は実夏の顔をちらっと見てから質問を続けた。

「不動産屋から、何か聞いた?」

実夏がグラスを傾ける手を止め、こっちを見すえる。

「事件のことですか」

「知ってたんだ」失望が顔に出ないようつとめたが、声はワントーン低くなってしまった。

「ええ。入居を考えてたときに大家さんから聞きました」

その上で決断したということであれば、それもまた意外だった。

「私けっこう図太いんです。家賃も割り引いてもらっちゃったし」

「へぇ、いくら?」

「他の人には言わないでって口止めされてるんですけど」と前置きしたうえで、両手で八をあらわした。

カチンときた。八万といえば、私が払っている家賃の三分の二である。

「うちも交渉しようかしら。あれだけ迷惑をかけられたんだから」

実夏が「だし汁足してきますね」と、ミトンで鍋をつかんで立ちあがった。

実夏の姿が台所に消えると、私はごろんとラグマットの上に寝転んだ。そんなに飲んだろうか、少し眠い。

カチカチカチとコンロに火のつく音がしたあと、実夏の声が飛んできた。

「類子さんは、事件当時もここに住んでたんですよね」

「そうよ」声を張りあげた。「だって第一発見者だもの」

久しぶりにその言葉を口にしたとたん、あの頃の高揚感がふわりとよみがえった。

「類子さんは、加害者と被害者に面識はあったんですか」

「ううん。ここでの人付き合いはほとんどないの」どこの付き合いもありはしないが。

「あら、じゃあこうしてお呼ばれされるのは光栄なことなんですね」

なかなかいい気分だ。私は話を続けた。

「特に、刺した男のほうは、住んでることすら知らなかったね」

時どき奇声が聞こえてきてはいたが、それが四〇二から聞こえてくるもので、男——そうそう、熊田という名前だった——のものとはわからなかった。

なんでも事件の一ヵ月前に入居したばかりだったらしい。親がこのマンションを借りて、熊田を一人で住まわせていたという。ずいぶん前から奇行が目立つようになっていたというから、家族に体よく厄介払いされたのだろう。

「刺された女のほうは、二、三度会ってるはずなんだけど、顔も名前も覚えてなかったのよね」

事件後、ニュース報道などで繰りかえし流れる映像を見て、ああこういう名前だった、こういう顔をしていた、と思い出したのだった。

「いい大学出ていい会社入ってバリバリ働いてたみたいだけど、ヒサンよねえ」

口が滑らかになるにつれ、あの日の光景がよみがえってきた。

あの日。

最初に観たホラー映画があまりにもつまらなかったので、終わったあと、二本目のミュージカル映画を立て続けに観た。見終わったのは午前四時だ。

ソファに横になってエンドロールを眺めていたら、突然、それは聞こえてきた。

ガシャーンというガラスが割れる音だった。

あわてて起きあがって四方に神経をはらった。少しして悲鳴が聞こえた。隣の部屋からのようだったので、壁に耳をつけると、バタバタと床を走りまわる音が伝わってきた。それから、意味不明な男の言葉、やめてとか助けてとかいう女の金切り声。

それらがやむと、今度は荒々しい足音がし、続いてドアの開く音がした。

私は玄関に走り、覗《のぞ》き窓で外を見た。ちょうど右から左へ横切る男の姿が見えた。

一瞬だったけれど、男がひどく猫背だったのと、受け口なのがわかった。

私は細くドアを開け、男がいないのを確かめてから外へ出た。通路には、点々と血が落ちていて、非常階段のほうまで続いていた。

おそるおそる五〇二のドアをノックした。応答はない。ノブをひねってみると、鍵は開いていた。部屋の中は真っ暗だった。手探りで電気をつけて――間取りは一緒だから、自然にそうしていたのだ――女の名前を呼ぼうとした。が、忘れてしまっていて、出てこない。

大丈夫？

たしかそう口にしたと思う。だが返事はなかった。玄関をあがってすぐの洋室には誰もいなかった。廊下をまっすぐ進んでリビングに向かった。やけに肌寒かった。暗がりに目をこらすと、カーテンがなびいているのが見えた。割れた窓から風が吹きこんでいたのだ。そして足元――テーブルのすぐ脇に、人が倒れていた。

血まみれになり、すでに息絶えていた女。それが被害者の、木暮柊子だった。

台所で、実夏がパチリと火を消した。そしてつぶやくように言った。

「その人どうして殺されたんでしょうね」

「さあ。熊田には、前々から幻覚とか被害妄想があったって聞いたけど」私は両目を手の甲でこすった。睡魔が一段と強くなって、いよいよマブタが開かなくなってきた。「わけわからないこと言ってたみたい。つかまる前もつかまった後も。誰かが自分を狙《ねら》ってるとか、やられる前にやらなきゃとか」

「宇宙人が降ってくる、とか」

「そうそう」私は大の字に腕を広げた。

「とばっちりみたいなもんよ、ホント。人の命なんてわからないもんだわ」

実夏が鍋を持って戻ってきた。「あらもうお休みですか」と愉快そうに声を上げている。

「実夏さんは、怖くないの？」

「何がですか」

「人が殺された部屋に住むこと」

「そのことなら」うふふと笑い、「別に平気です。幽霊なんて、むしろ見てみたいくらい」

「強いわねえ。お酒にも強いみたいだけど」

無理やり目をこじ開けると、二重になった実夏が見えた。きちんと背筋を伸ばし、猛烈な勢いで鍋に箸を伸ばしている。

「全部食べちゃいますよ」

「どうぞ。私はもう無理そう」毛布を引き寄せて体にかけた。「この家に女の人が来たの、初めてでさ。ちょっと舞いあがっちゃったわ」

「そうでしょうね」

その言葉が奇異に感じられ、ふたたびマブタを持ちあげようとしたけれど、ダメだった。

鍋の煮える音と、実夏が食べ物を咀嚼《そしゃく》する音がしだいに遠ざかっていった。

翌日はひどい二日酔いだった。朝目覚めると実夏の姿はすでになく、テーブルの上はきれいに片付けられていた。鍵が三和土《たたき》に落ちていたから、おそらく外からかけたあと、新聞受けから落としたのだろう。つまり、あれだけ飲んだにもかかわらず、それほど酔っていなかったということだ。

五〇二のドアをノックしてみたが、実夏は留守のようだった。翌日も、その翌日も、実夏は帰ってこなかったようで、けっきょくそのまま今日——彼の来る金曜日を迎えた。

私は鼻歌をうたいながら浴室へ向かい、シャワーを浴びた。

バスローブを羽織り、タオルで頭をぬぐいながらリビングに戻って、唖然《あぜん》とした。

実夏が、ソファにちょこんと座っていたのだ。

実夏は「どうも」と笑顔で会釈すると、勝手にＤＶＤのリモコンを取った。

スクリーンに、『ロッキー』が映しだされる。

「何やってんのよ、あんた」

「すみません。どうしてもご報告したいことがあって」

天使のような笑顔が不気味だった。それに……。

私の視線は、実夏の首筋と胸元に釘付《くぎづ》けになっていた。ガリガリなのだ。これまでタートルネックのセーターで隠れていた実夏の体は、まるで鶏《とり》がらのようだった。

「今日、正式に離婚してきたんです」

知ったこっちゃない。「そんなことよりどうやってここに入ったの。場合によっちゃ警察呼ぶわよ」

「おかげで旧姓に戻ったんです」

実夏は私の言葉を無視して続けた。

「旧姓の、木暮実夏に」

「木、暮……？」

「やっとわかりました？」うふふと笑う。

「私、妹です、殺された木暮柊子の」

思わず口が半開きになった。何か言おうとしたが、言葉が出てこない。

「年が少し離れてるし、顔もぜんぜん似てないでしょう？　私は父親似、姉は母親似だったんです。もっとも、母は私が小学生のときに病気で死んじゃったけど」

水が髪からしたたって足の甲に落ちた。背中がぞくぞくする。私はバスローブの襟《えり》元をあわせながら言った。

「それはご愁傷様」

実夏の顔から笑みが消えた。

「ねえ類子さん、実はあの部屋、家具から何からあのときのままなんです。もちろん血は拭《ふ》き取りましたけどね。ぜんぜん怖くなんかありませんよ。大好きなお姉ちゃんが最後に暮らした部屋ですもの」

だから何だというのだ。

「言うことはそれだけ？　どうでもいいけど、ここは私の家なの。このまま居座るんなら——」

「いいから」実夏がピシャリとさえぎった。「だまって聞いたらどうですか。自分の言いたいことややりたいことは、いつだって遠慮なく垂れながすくせに」

実夏はリモコンをもてあそびながら、音量を上げたり下げたりしている。

「あなた、この音を他の家で聞いたことありますか。すごいですよ、それこそ部屋全体が音に包まれてるみたい。たった一週間で、私おかしくなりそうでした。退去者が続出するはずだわ」

ばかなことを。住人たちはあの事件のせいで離れていったのだ。

唐突に実夏は言った。

「熊田が恐れていたものが何かわかりますか」

「熊田？　何の話」

「あなた、本当に興味なかったんですね、死んだ人間のことにも刺した人間のことにも。あんなに楽しそうにテレビでしゃべってたくせに」

静かにかぶりを振り、そして映画の中の台詞のように凛《りん》とした声で続けた。

「熊田はこう言ったそうです。他人の足音も、どこかでカーテンが閉まる音も、耳に入る音の何もかもが怖い、恐怖で感情がコントロールできなくなる、中でも一番おそろしいのは音楽だ、と」

私は両腕で体を抱き、玄関のほうを見やった。

彼が早く来ればいいのに。

「一度、熊田が姉のところにうるさいといって怒鳴りこんできたことがありました。以来、姉は足音も立てないよう神経をすり減らしていた。なのに、あなたは毎晩毎晩、非常識な音を流しつづけた」

「知らないわよ、そんなこと」

「熊田は、姉の部屋がすべての音の出所だと思いこんでいたようでした。話し合おうにも、まともに取り合ってもらえない。だから、姉はあなたにお願いしました」

心臓がことりと鳴る。

「せめて夜の間は静かにしてほしいと、メモを入れたはずです」

「そんなの……覚えてないわ」

嘘《うそ》だ。覚えてる。メモには木暮柊子の名前もあった。私は、その日からますます音を大きくした。だってそんな事情、知らなかったから。いつもの、たくさんある嫌がらせの一つだと思った。

「この思いをぶつけたくても、熊田は病院の中です」

独り言のように実夏がつぶやく。

「どうしたらいいんでしょう。ねえ類子さん」

「さあね」知らない、そんなこと。「奴の親んとこにでも行けば。がっぽり慰謝料もらえるんじゃないの」

「あいにくそれは望めそうにないんです。経営していたという運送会社は事件後すぐに倒産して、今住んでる場所もひどいところで」

実夏は暗い瞳で宙の一点を見つめている。

「人殺しとか外道とか、壁一面に落書きされてました。二人はすいませんすいませんて床に額をこすりつけて、私が帰るまでとうとう一度も顔を上げなかった」

実夏がゆっくりと顔を上げる。

その目がひたと私をとらえた。

「不思議なものですね。姉の命を直接うばった熊田より、今はあなたが憎いんです。すべての原因をつくっておきながら、のうのうと生きてるあなたのほうが」

実夏が音量を最大にし、ソファから立ちあがった。

その手に、庖丁が握られている。このまえ台所で魚や野菜を切った庖丁だ。バッサリ落とされた魚の頭を思い出して、私はじりじりと後ずさった。

「ちょっと待ちなさいよ。あんたの姉さんがちゃんと言ってくれれば、私だってちゃんとしたわよ。わかんなかったんだもの。知らなかったんだもの。しょうがないじゃない」

　実夏が一歩一歩近づいてくる。

　私は身をひるがえし、玄関のほうへ逃げようとした。が、すごい力でバスローブをつかまれ、リビングに引き戻された。その華奢な体——痩せ細った猫みたいな体のどこに、こんな力があるのか。私は上ずった声で言った。

「待って待ってよ。これはお門違いってもんよ。だって——」

　脇腹がカッと熱くなる。鋭い痛みに、息が止まった。

　足から力が抜け、体がくずれ落ちる。かろうじてソファの背にしがみついた。白いバスローブにみるみる赤が広がっていく。お腹に刺さった庖丁。声を上げたが、それはあまりにも弱々しく、部屋に満ちる大音量にあっけなくかきけされた。

　実夏が耳元でささやいた。

「お門違いでけっこう。私の過食も、離婚も、父のノイローゼも、全部あなたのせいにさせてもらいます」

　ソファの背にかけていた腕がはずれ、そのままズルズルと床の上にくずれ落ちた。

声が、出ない。

「あなたでよかった」

実夏は床に這いつくばるようにして、なおもささやいた。あなたほど、憎むにふさわしい相手はいませんから、と。

「姉は、私にとって、母親のような存在でもありました。いつだって私を守って、愛してくれた。その姉をあなたは殺したんです」

私はこんなに寒いのに、実夏は額にうっすら汗をにじませている。

「大丈夫ですよ、類子さん。もうすぐ彼氏が来るんでしょう？　あなたのこと愛してたら、救急車だってパトカーだって呼んでくれますよ。そのときは私、喜んで逮捕されます」

突き抜けたような、すがすがしい笑顔。

「ご招待ありがとう、おかげで手間が省けました。でも、お酒には気をつけてくださいね。知らない間に、合鍵とか作られちゃいますから」

実夏がふっと笑い、生ぬるい息が耳にかかった。

廊下のほうへ歩いていくふくらはぎが見える。枯れ枝みたいに細い脚。

ドアが開き、そして閉まる音がした。

動こうとしたけれど、無理だった。刺すような痛みが全身を貫く。刺すような、どころじゃない。刺されてるんだから。気の抜けるような笑いがこみあげてきた。

だって、仕方ないじゃない。物心ついたときから、私はずっと誰かから文句を言われてきた。言われっぱなしじゃ、どれが大事かなんてわからない。

妙に心が凪《な》いでいる。私は、死ぬんだろうか。

唯一の慰めは、私の目の前で、スクリーンいっぱいに映像が流れていることだった。大音量で『ロッキー』のテーマがかかっていることだった。ロッキーは、強くて、優しい。

意識が薄れていく。

残念なのは、あのお気に入りのカラシ色の毛布が体にかかっていないことだった。

オーバーフロー

人様に迷惑をかけず、

いつも笑顔でニコニコと。

両親にそんな教育方針があったかどうかは知らないが、もしあったのだとしたら、私はかなり教えに忠実な子供といえる。子供といっても、もう二十九歳だし、横浜京友デパートの靴売り場で十年近く働いている社会人でもあるけれど。

自分で言うのもなんだが、人あたりは悪くないと思う。もともと笑っているみたいな顔は警戒心を持たれないし、誰のどんな話にもある一定の興味を示して耳を傾けるし、人を不快にさせないよう気を配るセンサーにいたっては、人一倍強力なのがついている。

〝燃費〟もいいほうだ。ちょっとしたこと——たとえば、里芋《さといも》がうまく煮付《につ》けられただとか、お客さんから一言お礼を言われたりだとか、そういうことで幸せな気分になれる。

だから結婚を控えた今は幸せの絶頂。のはずだった。

重い足を引きずるようにして、家までの道のりを急ぐ。まるでミストサウナの中を歩いているみたいだ。それぐらい今晩は蒸していて、じめじめした不快の粒子が容赦《ようしゃ》なく体にまとわりついてくる。

今日、広志はいないのだろうか。そう思うと、鉛のような足がさらに重くなるような気がした。

向こうからヘッドフォンをつけた若者がやってきた。狭い道を、携帯を操作しながら、前も見ずに来る。嫌な予感がしてあらかじめ右側によけておいたが、それでもすれちがいざまに肩がぶつかった。「すみません」とつぶやくと、ちっという舌打ちが返ってきた。

悪いのはそっちなのに。

こみあげた言葉をぐっと飲みこみ、ふたたび歩きだす。

私はいつもこんな具合だ。いつでもどこでも誰に対しても、言いたいことの半分も言えない。飲みこんだ言葉は体の奥深くに沈んでいき、どこか、貯蔵庫のような場所にしまわれる。この貯蔵庫はなかなか間口が広くて、深い。嫌なことを言われたりされたり、穴があったら入りたいような失敗をしたりしたときのモヤモヤは、すべていったんここにしまわれる。するとそのモヤモヤは誰にも知られずひっそりと、いつのまにか浄化されているのだ。

その一連の工程はこれまでしごく順調だった。たまには時間がかかったり手こずったりすることもあったけれど、おおかたは人の手もお酒の力も借りずに解決できた。

なのに。

歩くこと十分、ようやく家が見えてきた。専門学校を出てデパートで働きだしてから、ずっと住みつづけている１ＤＫのマンションだ。二ヵ月前からは、広志と一緒に住んでいる。

エレベーターで三階に上がり、三〇三号室のドアを開けた。

家の中は真っ暗だった。手探りで電気を付けて、入ってすぐのダイニングキッチンを照らしたが、広志の姿はやっぱりなかった。覚悟してはいたものの、また一段と体が重くなった気がした。

ダイニングテーブルに茶のストローバッグを置き、隣接している六畳の部屋に目をやった。暗い部屋の正面、ソファの上の壁に、土がこびりついているのがわかった。きれいに拭《ふ》き取ったつもりだったのに。

洗面所から雑巾を取ってきて、忌々しい思いでぬぐっていく。この汚れがすべての事の発端だと思うと、自然と手に力がこもった。

ミカとかいう女は、昨夜突然やってきた。「隣の者です」という言葉にうっかりドアを開けたら、土足でずかずかあがりこんできたのだ。ミカはソファでくつろいでいた広志の頬《ほお》を打ち、唖然《あぜん》としている私に一瞥《いちべつ》をくれた。

——この冴《さ》えない女が、今《イ》の《マ》彼《カ》女《ノ》なわけ？

冴えないというその一言は、鋭く深く胸に突き刺さった。そのとき私は、襟の伸びたTシャツに、スウェットの短パンを穿《は》いていて——いや、どんな格好をしていようと、私を評するのにそれ以上的確な言葉はないだろう。

——何もなかったことにするつもり？

ミカは広志に向かってそう叫ぶと、あたりのものをつかんで、手当たり次第に投げはじめた。クッションにバッグにぬいぐるみ。ティッシュケースまではよかったが、テレビのリモコンと、出窓に置いていたアジアンタムの鉢は、壁にあたって砕けちった。私も流れ弾にやられ、目覚まし時計を顔面で受けてアザをつくった。

そんなミカを広志はなんとか玄関の外に押しだし、一時間ほどしてようやく帰ってきた。そして弱りきった顔で、あれは前に付き合っていた女だ、と打ち明けた。別れを告げた後もしつこく追いまわされ、ほとほと困っていたという。たとえば、無断でつくった合鍵で家に入られたり、部屋中を荒らされたり。

このマンションだってオートロックなのに、ものともせずに入りこんできた。

――ここへ越してきて、逃れられたと思ってたんだけど。

横浜駅の地下街で姿を見られ、後を尾《つ》けられたらしい。

――僕がここにいると律子に危害が加わるかもしれない。しばらく、家を空けるよ。

あのときの広志の、憔悴《しょうすい》しきった顔。

私は洗面所で、雑巾を固く絞った。鏡には、広志に負けないくらい、疲れた顔が映っている。

洗顔をするために、茶色のヘアバンドで髪をまとめた。剝《む》きだしになった大きな両耳が、頭から垂直に生えている。それと対照的に、口は小さい。この耳と口のバランスが、私という人間のすべてを物語っているような気がした。

手のひらにクレンジングクリームを取り、額や頰にのせていく。口の脇にできたアザは、腐ったバナナみたいな不気味な色に変わりつつあった。その輪郭を指でなぞりながら私は、大丈夫、大丈夫、と自分に言い聞かせた。

大丈夫。静かにじっと時を待てば、いずれ傷は治る。不安に思っているいろいろなことは解決して、そして――。

広志もきっと戻ってくる。

新潟に住む両親には、広志と同棲《どうせい》していることをまだ報告していない。嫁入り前の娘が同棲なんてとんでもないと、怒り狂うに決まっている。何より、大企業で定年まで勤めあげた父と、その父を唯一の指針に生きてきた母が、広志の職業をすんなり受け入れるはずがなかった。

広志は会社を経営している。二十六歳のときに興したソフトウェアを開発する会社だ。「社員三人の小さな会社だけどね」とさらりと言うけれど、父と同様、京友デパートという大樹の下に生きる私には、とてつもなく偉大なことに思える。起業するだけの才能も行動力も、私にはない。

――その逆で、僕が君にすごいなあと思うこともあるさ。

広志はそして真っ先に、私の実直さを挙げた。人からは「クソまじめ」と揶揄《やゆ》され、自分でも「つまらない人間」と感じる根っこのその部分を、広志は認めてくれたのだ。

もっともっと、広く深く広志のことを知りたい。

そう思って彼の仕事のこともなるべく理解しようとしたけれど、何度聞いても、パソコンに疎い私にはよくわからなかった。売り場で接客をしているかぎり、そういう世界の小難しいこととは無縁でいられる。そのことに初めて忸怩《じくじ》たる思いがした。

それを察した広志が一度、展示会に連れていってくれた。

――バーチャルリアリティだとか立体映像だとか、最新技術を知ることができるし、若葉マークの律子もじゅうぶん楽しめると思うよ。

たしかに広志の言うとおりで、初めて目にする何もかもに心が浮きたった。でもそれ以上にうれしかったのは、〝仕事をしている広志〟をこの目で見られたことだ。熱気あふれる会場で、私は広志の後ろでただオドオドするだけだったけど、広志は物怖《ものお》じすることなく堂々と他の参加者たちと名刺を交わしていた。

その日の帰り、海岸通りのレストランで食事をしながら広志は言った。秋には仕事が一段落するはずだからご両親への挨拶はその頃にしよう。挙式と披露宴は新潟でやろう。新婚旅行は国内でもいいし世界一周でもいい。つまるところ僕は律子と一緒ならどこだっていいんだ。籍は本当なら今すぐにでも入れたいけど、秋までは我慢しよう。

うちの両親の了解をきちんと得てからにしたいという、広志なりのけじめらしい。私ももちろん同感だった。

出会ってまだ三ヵ月しか経《た》っていないけれど、二人で、これまでのこと、これから先のいろいろなことを話しあってきた。広志は十五のときに両親を事故でなくしていて、温かい家庭にあこがれていること。子供は三人欲しいということ。二人の貯金を合わせてマンションの頭金にしようということ。私は仕事を、続けたければ続けるということ。

洗顔を終えてダイニングに戻ると、携帯の着メロが鳴った。今流行っている携帯会社のCMソングだ。

「もしもし、りっちゃん？　朝子です」

携帯の向こうから、ハスキーがかった明るい声が聞こえてきた。

朝子は、広志の二つ上の姉である。

「暑いわねえ。そっちはどう？」

朝子が住んでいるのは同じ横浜のM区だから、そっち、といっても大して変わりはしない。そう私が答えると、朝子は「そりゃそうね」と豪快に笑った。

朝子は百人の女性の集団に紛れていたとしても、パッと目を引くような美人だ。すらりと背が高く、ヒールの靴を履くと百七十センチを越える。だから、今でこそこうして打ち解けているけれど、初めて会ったときは圧倒された。

広志に会う一ヵ月前のことだ。

その日、私は遅番だった。朝子は細身の黒いパンツスーツ姿で売り場にやってきて、赤いヒール靴が欲しいのだが、と言った。商品の点数があまりなかったので店じゅうの赤い靴を集め、一足ずつ試着してもらった。均整のとれた朝子の足は、シンプルなものも凝ったデザインのものも美しく履きこなしたが、中でもクリスチャン・ルブタンのピンヒールは、あつらえたみたいだった。鮮やかな赤があんなに似合う人を見たのは初めてだ。

素直にそれを告げると、ありがとう、と朝子は言った。あなたのおかげでとても気持ちよくショッピングができたと。

朝子はクリスチャン・ルブタンの赤を買いあげ、以来、週に一、二度ほど店を訪れるようになった。買うときもあったし、買わないときもあったけど、手に取ったり試しに履いてみたりする靴はどれも、上品で仕立てのいいものだった。単調な毎日の中、朝子に接するひと時は楽しく、私はいつしか彼女の来訪を心待ちにするようになっていた。

そしてある日、朝子は広志を連れてやってきた。

向こうから歩いてくる長身の二人を見たときは、てっきり恋人かと思った。

――違う違う、弟よ。ほら、例の。

そういって朝子は、ひらひらと手首を返した。

ああこの人が、と、私は広志を仰ぎ見た。

広志は人なつこい笑顔で、姉がいつもお世話になってます、と軽く頭を下げた。

――なーにが、お世話になってます、よ。

隣で朝子がぎろりと広志をにらんだ。

――どれだけ取り繕《つくろ》ったって、あんたのおっちょこちょいぶりは、律子さんもとっくに知ってるんだから。

広志の話はいろいろと聞いていた。けれど、それらの話から受けた私の印象は、おっちょこちょいというより、〝お人好し〟というものだった。職を失った友人から一晩泊めてほしいと言われてそのまま一年近く居座られたとか。友達から好きな女の子との仲をとりもってほしいと頼まれ、実は自分も好きな相手だったが引き受けてしまったとか。

今回は何をやったと思う？　と朝子は眉をひそめた。

――この前買ったサンダルに、キムチをこぼしやがったのよ。律子さんとさんざん悩んで決めたやつだったってのに、キムチ色に染まるわキムチ臭くなるわでもう最悪。だから今日はせいぜいその償いをしてもらおうと思って。

広志は隣ですまなそうに、けれどまるで子供のように肩をすくめてたっけ――。

「りっちゃん？」

名前を呼ばれて我に返った。あわてて携帯を持ち直すと、耳元でストラップがちゃらちゃらと音を立てた。会社のノベルティグッズだとかで、前に朝子がくれたものだ。

「なんか元気がないなあ」

言い当てられて、どきっとする。

朝子にはまだ、昨日のことは話していない。

「夏バテなんじゃない？　広志も暑さに弱いから、夫婦そろってバテバテなんてことにならないようにね」

朝子は私たちのことを「もう結婚してるみたいなもんだから」と、よく夫婦扱いする。

「特に広志は冷たいものばかり飲みたがるから、りっちゃん注意してやって」

だいたいの好きなもの、嫌いなものは把握しつつあるけれど、私が知っている広志はまだほんの一部だ。だから、朝子と話をしていると、広志に近づいている気がしてうれしい。こうして夏の広志、秋の広志、冬、春と、徐々にわかっていければいいと思う。

朝子が「妹ができた」と言ってくれるのもうれしかった。私は一人っ子なので、本物のお姉さんがいたらこんな感じなのかなと思う。

おかげで電話を切る頃には気持ちが少し上向いていた。ただ、ミカのことと広志の不在のことは、けっきょく切り出せなかった。

一言相談すればよかっただろうか。

朝子なら何らかの解決策を見出してくれたかもしれない。そこまでいかなくても、話すだけで少しは楽になれたかもしれなかった。

うじうじと悔やんでいると、ふと、虫の羽音のような音が聞こえてきた。

ブーンブーンという規則正しい音。それはベッドの下で鳴っているようだった。私は手を伸ばし、音の震源と思しきそれをつかんで引き寄せた。

広志の携帯だった。仕事で必要だといって三つの携帯を使いわけているのだが、そのうちの一つだ。いつも肌身離さず持ち歩いているのに珍しい。昨日のあの騒ぎのときに、紛れこんでしまったのかもしれない。

マナーモードの振動はすでに止まっていて、着信履歴には０３で始まる番号が残されていた。誰からだろう。ひょっとして……ミカ？

携帯がふたたび震えだした。

束《つか》の間躊躇《ちゅうちょ》したが、思い切って出てみると、「あれ？」と戸惑うような男性の声が聞こえてきた。私はあわてて、広志はまだ帰っていないこと、自分は結婚する予定の者であることを伝えた。

「そうでしたか。私、N電気の河原崎と言います」

広志の交友関係はほとんど知らないが、大学を出たあと今の仕事を始めるまでN電気に勤めていたというのは聞いている。

「伝言をお願いします。あまり良くない知らせで恐縮ですが」

早口で、きびきびとした口調だ。私は書きそびれないように、出窓に置いてあるメモ帳を急いで引き寄せ、ボールペンを手に取って、N電気、河原崎と綴った。

「同期の、小林雅夫くんのことなんですが」

ペンを持つ手が、思わず止まった。

——当分、小林んちに行ってるよ。昔の同期なんだ。

広志は昨日そう言って、ここを出ていったのだ。

「亡くなったんです、小林くん」

「え——」

「風呂でおぼれたらしくて」

「……ご自宅で?」

「ええ」

「いつです」

「昨日の深夜と聞いてますが、詳しいことはちょっと」

死因もまだはっきりしていないらしい。

病気なのか事故なのか自殺なのか。あるいは、事件なのか。

「あの」はやる気持ちを抑えて尋ねた。

「誰かそばにいたということは」

「なかったようです。あいつ、一人暮らしでしたから」

「………」

「発見したのは、彼と同じ部署の人間でした。無断欠勤を不審に思って、外まわりのついでに訪ねてみたら、すでに息がなかったそうで」

それが今日の昼過ぎのことだという。

頭がぐらぐら揺れる感じがして、私は思わず出窓に手をついた。

河原崎はN電気関係者への連絡を一手に担っているらしい。広志とはここ何年か会っておらず、この携帯の番号は、小林のパソコンに入っていたアドレス帳で知ったとのことだった。

「葬儀の日程が決まり次第、また連絡します」

そう言って切ろうとするので、私はあわてて自分の携帯の番号を伝えた。広志のほうの充電がほとんどなくなりかけていたからだ。

どういうことなの。

電話を切り、立ち尽くしたまま、心の中で広志に尋ねる。

小林さんと一緒じゃ、なかったの？


「ちょっとりっちゃん、ここ壊れてるんだけど」

同僚の武見《たけみ》が、ディスプレイ用のプラスチック台を指さして言った。見てみると確かに、台を支える脚の部分が、割れてグラグラしていた。

セロテープを取ってきて、壊れた部分に巻きつけていく。そのあいだ武見は、彼女の定位置ともいえる一角で、壁にもたれ、あくびをしていた。あんたはあたしより二十も若いんだから、が彼女の口癖だ。

修理が終わると、今度は女性客に呼びとめられた。おそらく武見と同世代ぐらいだろう、肉付きのいい体に、ベージュと紺の横縞《よこじま》のシャツを着ている。

「このタイプの二十三センチを見せてくださる？」

女はつんとアゴを上げて、ベージュのパンプスを突きだしてきた。私は笑みをたたえてそれを受け取り、品番を確かめてから売り場の奥に向かった。

倉庫に入るなり、ひどい凝りを感じて、首と腕をぐるんとまわした。

あれからけっきょく、一睡もできないまま朝を迎えた。のんびり明けていく夜を、あれほどじれったく感じたことはなかった。

広志とはいまだに連絡が取れていない。

携帯がつながらず、会社にメールを送ってもなぜかエラーで戻ってきてしまう。しかたなく会社に電話してみると、きれいな声の女性がほがらかに「社長はただいま外出中です」と告げた。いつも通り出社しているという事実は、私をかなりホッとさせた。

朝子は小林の訃報《ふほう》にショックを受けていたようだ。何度か会ったことがあるらしい。「りっちゃんちに連絡があったの？」と驚いていたので、広志が携帯を忘れて出かけたのだと説明した。その携帯はその後すぐに充電が切れたこと、代わりに自分の番号を連絡先として伝えてあること、それから、ミカのことは伏せて、広志が家を空けていることを、さりげなく付け加えた。朝子は「こんな肝心なときに。まったく間が悪いんだから」と吐き捨てるようにつぶやいた。

頭の中は疑問符でいっぱいだった。

広志は小林と一緒ではなかったのか。彼の死に関わっているのかいないのか。関わっているとしてなぜすぐ届けなかったのか。とにもかくにも今どこにいるのか。考えたくない可能性――ミカの存在がちらついて、胸が締めつけられる。

靴箱を手に売り場へ戻ってみると、客の女はソファにどっかりと座っていた。

私は女の前で膝《ひざ》をついて、箱から靴を取りだした。女は自分の足――くたびれた黒いパンプスを私の目の前に突きだすと、つま先をくいっと上げて、脱がしてちょうだいと合図してきた。

女の足は甲が高く、V字を描いたトップラインから、はみ出さんばかりに肉が盛りあがっている。かかとのほうからそっと脱がすと、よれたストッキングから、饐《す》えた臭《にお》いがわんと立ちのぼった。それとわからぬよう息を止め、女の足にベージュの靴を履かせる。

女はすぐに「なんかちょっと、イマイチだわね」とつぶやいて、遠くの棚の別の靴を指さした。

「あれの二十三持ってきてくれる？　ベージュよベージュ」

リボンのあしらわれた、中ヒールのパンプスだった。持っていくと今度は「やっぱりヒールはもう少し高いほうがいいわね」と言った。「夏らしく白にしようかしら」「これの色違い持ってきて」「たまには斬新《ざんしん》なデザインも——」。私は言われるがまま、ロボットのように売り場と倉庫を往復した。機械的に動いていると余計なことを考えずに済むから、今日にかぎってはありがたかった。

女は最終的に、ずらりと並んだ靴の中から、細身のパンプスをつかんだ。ポインテッドトウの中でも、かなり先の尖《とが》ったタイプだ。女の足の形は長方形に近いスクエア型だから、小指のあたりがすでに苦しそうである。

もう少し、幅に余裕のあるもののほうがよいのでは。

そんな言葉を私は飲みこんだ。ついこの前それを口にしたら「デブはでかい靴だけ履いてろっての？」と怒りだした客がいたのだ。

だから私はやんわりと、遠まわしに言った。

「どうぞ両足でしっかり履いてお試しください。店内でしたらご自由に歩いていただいてけっこうですから」

「あらそう。でもこれがいいの」

その場で三回足踏みしただけで決めてしまった。

女が去った売り場はさながら居酒屋の下足場だった。私は床に転がっている靴を、一足一足薄紙に包み、靴の向きと値札の位置を整えながら靴箱にしまっていった。一度では運びきれないので、倉庫と売り場をまたせっせと往復する。途中でたびたび客に声をかけられるので、片付けは遅々として進まなかった。武見はというと、定位置で壁に寄りかかり、片足に重心をのせて、隣の売り場の店員とおしゃべりに興じている。

倉庫で爪先立ちになり、最後の箱を積もうとしたとき、バランスが崩れてなだれがおきた。硬い箱の角が、ねらいすましたように口の脇のアザに当たる。ぶりかえした痛みを手でさすりながら、とぼとぼと、落ちた箱に手を伸ばした。かがんだ瞬間、腰にぴりっと鋭い痛みが走った。

キュロット越しに腰をさする姿が従業員用の鏡に映って、「冴えない」という嫌な言葉がよみがえった。紺色の膝丈《ひざたけ》キュロットも、社内販売で買った黒のワーキングシューズも、あまりにも似合いすぎている。

――律子が仕事を続けたいならそうするといい。僕は協力するよ。

広志の気持ちはうれしいけれど、実のところ私はうんざりしている。客の足元にかがんで、「お似合いです」と笑顔で追従する毎日。わがままな注文に無理難題。謝罪と妥協。そういったものに私の耳と口は磨り減っていて、もうたくさんだと悲鳴を上げている。

　自分の中のそんな思いに、広志に会って初めて気がついた。いや、広志が気づかせてくれたのだ。

　私はポケットにそっと手を入れて、名刺を取りだした。株式会社アイ・エル・エス。広志の会社で、住所は横浜市K区だ。もしもこのまま連絡が入らなければ、仕事が終わった後に行ってみよう。

　靴箱の壁に囲まれながら私は、一歩を踏みだす決心をした。


　六時半きっかりに仕事を上がり、従業員通用口から外に出た。広志からの連絡はないままだ。

　京浜急行でK駅まで行き、名刺の住所を頼りに会社を探す。明るかった空が薄紫に染まりだした頃、ようやく目当てのビルを見つけた。古い建物らしく、壁や床のいたるところにシミや汚れが付いている。

　アイ・エル・エスは七〇五号室だ。案内板がないのでポストで確かめようとしたが、表札が入っていなかった。しかたないのでそのままエレベータに乗りこんで、かすれた文字盤を押した。

七〇五は降りてすぐのところにあったが、ここにも表札は入っておらず、チャイムを押しても返答はなかった。錆《さ》びの浮いたドアには鍵がかかっていて、耳をつけて中の様子を窺ってみても、人の気配が感じられない。

外出中か。それとももう帰ってしまったのか。

他を当たろうにも、手がかりはここだけだ。この、名刺だけだ。

途方に暮れて立ち尽くしていると、二つ隣のドアが開いて、中から黒いキャップを目深にかぶった若い男が出てきた。

「すみません」

私は駆け寄って名刺を見せた。

「七〇五の、この会社を訪ねてきたんですけど」

男は横目でちらとこっちを見て、ここにはあまり来ない、どこに何が入ってるとかはよく知らない、とそっけなく答えた。そしてすたすたと歩きだしたが、エレベーターの「↓」のボタンを押してから、ついでのように七〇五の新聞受けを覗いた。背中を丸めた姿勢のままこっちを振り返り、見てみろというふうにアゴをしゃくってくる。

すすめられるままに覗いてみると、一足の靴もない三和土《たたき》が見えた。その打ちっぱなしのコンクリの上には、ビニール袋に入った書類が落ちている。新たな入居者が水道局やガス会社に連絡するための書類だ。

男がぽつりと言った。

「空き室っぽいすね」

私の耳には、ご愁傷様、と聞こえた。


真っ暗な家に帰る。開けたドアから通路の明かりが差しこんで、玄関タイルの上の、小さなサンダルを浮かびあがらせた。その隣には行儀よく、男物のローファーが並んでいる。社販で私が買ったものだ。

この靴の主はいったい、今どこで何をしているのか。

ドアを閉めて、バッグを床に放り投げた。ばすんという間抜けな音が、静まりかえった室内に虚しく響いた。電気もつけず、足をこすりあわせるようにしてスニーカーを脱ぐ。紐《ひも》を解くためにかがむことさえ億劫《おっくう》だった。

戸惑い、怒り、悲しみ、屈辱、虚しさ……今の自分の気持ちにふさわしい言葉を探したが、どれもしっくりこない。

茶のバンドの腕時計をはずし、テーブルの上に置いたとき、着メロがこもった音で流れてきた。あわてて床に転がっていたバッグを拾い、中から携帯を取りだした。

「昨日お電話した河原崎です」

ああ、と、つい気の抜けた返事になった。

「小林くんのお父さんから、葬儀の日程について連絡がありました」

メモを用意したが、ボールペンを持つ手に力が入らない。

明日の十八時からお通夜で、明後日十時からが告別式。会場となる葬儀場も書きとめたが、文字はひどく乱れた。

死因は窒息死。大量の酒を飲んで入浴していたらしく、争ったような形跡などもないことから、ほぼ事故死と断定されたという。

電話を切り、その場にへなへなとしゃがみこんだ。

彼の死に広志は関わってはいないらしい。けれど、謎は深まるばかりだった。肝心の行方は杳《よう》として知れず、訪ねた会社はがらんどう。いったいどういうことなのか——。

ふたたび着メロが鳴った。表示された発信元を見て、思わず息を呑んだ。

広志だった。

もどかしい思いでボタンを押し、携帯を耳に押しつける。

どうしたの。今どこにいるの。何してるの。どういうことなの——言いたいことは頭の中で渦を巻いているのに、口にできたのはたった一言だった。

「広志？」

それだけで鼻の奥がつんとして、喉《のど》が詰まった。

「……律子か」

かすれたような声が返ってくる。まちがいなく広志だ。

何から話せばよいかわからず、私はすがるように出窓のメモに手を伸ばした。震える声で、乱れた文字を読みあげていく。

読み終えてようやく言葉が出た。

「今どこにいるの？」

広志は黙っている。

「今日会社にも行ってみたの。でも誰もいなくて。私もう何が何だか」

長い沈黙ののちに、ようやく返答があった。

「すまない」

嫌な予感が胸のあたりに広がって、喉がぎゅうっと苦しくなる。

「すまないって、どういうこと？　ミカって人のこと？」

「違う」

それは本当に違うんだと広志は言い、苦しそうに続けた。

「律子、僕は君と結婚できない」

目の前の景色が揺れ、輪郭がぼやける。

なんで？　どうして？　だけど言葉が出てこない。

「本当にごめん。今はそれしか言えない」

広志の声が湿ったような気がしたけれど、確かめることはできなかった。

電話はそこで、切れてしまった。


「ちょっとあなた」

尖《とが》った声に呼ばれて振り返ると、昨日ポインテッドトウのパンプスを買って帰った女が、反り返るようにして立っていた。

女は、私の顔を見てギョッと目を見開き、次いで、好奇の色を露《あらわ》に不躾《ぶしつけ》な視線を浴びせてきた。ひどい顔をしているのはわかっている。紫の口元、赤い目、黒ずんだクマ。まるで人間パレットだ。

そんな私の顔を見すえたまま、女は紙袋を突きだした。

「これ返品するわ」

そしてどっかりとソファに座った。

私は床に膝をつき、紙袋から靴箱を取りだした。中に入っているパンプスを目にした瞬間、針金で吊られたみたいに胃が引き攣《つ》れた。

踵《かかと》が明らかに減っていた。

「何よ、文句ある」

女は高い位置からぎろりとにらみつけてくる。

「試し履きよ、試し履き。それぐらいどうってことないでしょう」

靴底には無数の傷がついていた。アスファルトなどの硬い地面を歩いた痕《あと》だった。

これではとても売り物にならない。

「これさえあればいいんでしょ」

そう言って、レシートをひらひらさせている。

私は泣き笑いの顔で言った。

「申し訳ございませんが、屋外で一度でも履かれますと――」

「あら外でなんか履いてないわよ。言いがかりつける気?」

女は目と歯茎を剝《む》きだしにしてきた。

「そんなことより、ご覧なさいよこれ!」

女は窮屈そうに身を折り曲げて、膝下ストッキングを脱ぎはじめた。

素足になった足のあちこちに、絆創膏《ばんそうこう》が貼られていた。女はそれらを一つひとつ剥《は》がしていき、血豆や靴擦れでぐずぐずになった皮膚を、私の鼻先に突きつけた。

「こんな目にあったのは生まれて初めてよ」

女は、おお痛い、と足に息を吹きかけるような仕種をした。

「一体全体どうしてこんなことになるわけ？」

「おそらく」知らず、声が小さくなる。「足の形と靴の形が合っていなかったんだと思われます」

「なんで買うときに言ってくれないのよ」

だからもう少し試したほうがいいと……その言葉もまた飲みこんだ。

「千円二千円のものならまだしも、二万よ二万」女は鼻息を荒くした。「買って履いて、ダメだったらあきらめろって？　我慢して履けって？」

アゴの肉が幾重にもだぶついていて、襞みたいなそれらはしゃべるたびに震えた。

武見はディスプレイを直すふりをして、棚の間からこっちの様子をうかがっている。

「あなたね、客に合わない靴を売ったことを恥ずかしく思いなさいな。プライドがあるなら返品ぐらい認めるべきでしょうが」

女のがさついた声が耳に突きささって、くらくらする。

「履けない靴を家に置いとかなきゃいけない客の立場にもなりなさいよ、え？」

ふと、目の前の靴と、自分とがかぶった。

ほんの少し試し履きをされて……合っていないからと放りだされてしまった……？

「本当なら治療費を請求したいぐらいだわよ」

女は口角に泡をためて、キンキンと叫びつづけている。

もうどうでもよかった。この不毛なやりとりを一刻も早く終わらせて、他の店員や客の視線から逃れ、一人だけの殻にとじこもってしまいたい。だって、私は考えなければならないのだから。

これからどうすればいいのかを。

いや、考えるまでもないのかもしれなかった。

また元に戻るだけ。それだけなのかもしれない。広志がいなくなり、私はふたたびあの部屋で、何もなかったように、ひっそりと一人で暮らしはじめる。こうして客にかしずきながら、同僚にほのかな意地の悪さを見せられながら、すれ違いざまに舌打ちされながら――。

折り目正しく生きたところで、それが何になるだろう。

「どうすんのよ。はっきりしてちょうだい」

かしこまりましたと、無意識のうちにつぶやいていた。向こうで武見が「え」と声をあげたのがわかった。

私はレジから代金を取ってきて、女に渡した。女は「わかればいいのだ」というふうに頷いて、太った財布に金を詰めこむと、尻を振って去っていった。

すぐに武見が飛んできて、「ちょっとちょっと」と肘で小突いてきた。

「返品受けちゃったわけ？」

ええ、と答える声が遠くに聞こえる。

「知らないよぉ、上から怒られても」

「いいんです。私が買い取りますから」

武見はへえ、と大げさに目を剝いてみせた。そしてふんと鼻を鳴らした。

「まあ、あんたはあたしと違って正社員だし、けっこう小金貯《た》めてるって噂《うわさ》だし。これぐらいの出費どってことないか」

目の前のディスプレイが曲がっていたので、そっと直した。

「でもさ、あんたたしか足のサイズ、二十四センチじゃなかった？　履けやしないじゃないのよ」

私はもうどの言葉にも応えなかった。そしてやってくる客に次々と笑顔を振り向けた。

そちら人気の商品なんですよ、お似合いですね、どうぞお試しください。

ところが客はそそくさと離れていく。

鏡に、自分の顔が映っていた。頬がこけ、それでいてむくんだ顔。ひどいのはアザやクマだけじゃない。顔全体の筋肉がこわばっていて、笑っても笑っても、引き攣れをおこしたように歪むばかりだ。

笑顔が、出てこない。


一人の部屋で、ダイニングテーブルの上の紙袋をじっと見た。一生履くことはないであろう靴が、入ったままの紙袋。

インタホンが鳴った。出てみると、「朝子です」と声がした。

「突然来ちゃってごめんね。なんだか様子がおかしかったから心配で」

ゆうべ遅くに電話をくれたのだが、まともに話せなかったのだ。玄関先で私の顔を見て、朝子は息を呑んだ。

「りっちゃん」

絶句して、私の頰を両手で包む。

「こんなに痩《や》せて」

体重計にのっていないので何キロ痩せたかはわからないが、たしかに制服のキュロットはぶかぶかになった。

朝子は小ぶりの箱を掲げて、パステルのプリン買ってきたの、一緒にこれ食べよう、ね？ と優しく肩を叩いた。プリンのなめらかな舌ざわりを想像しただけで吐き気がこみあげたが、形だけうなずいて朝子を部屋に通した。

朝子は私に視線を置きながら、広志の椅子《いす》に腰かけた。

「もっと早くに来てあげればよかった」

ごめんね、と唇をかんでいる。

朝子が謝ることじゃない。その気持ちをこめて、テーブルの一点を見つめたまま、ゆっくりとかぶりを振った。

泣きだしたい気分なのに、一滴の涙も出てこない。いろいろなことがありすぎて、頭も体も麻痺《まひ》してしまっている。

「まったく、あの子は」

朝子は母親のようなため息をついた。

「実はさっき、やっと広志をつかまえたの。電話でだけど」

私は静かに顔を上げた。

「だって心配で心配で。りっちゃんの様子はおかしいし、うちには突然これが送られてくるし」

朝子は黒いバッグからA４の茶封筒を取りだした。

「聞いたわ。結婚できないって、あいついきなりそう言ったんだって？」

私はこくりとうなずいた。

「まったく弟ながら嫌になる」朝子は吐き捨てるように言った。「いい年をして、大事な相手に肝心なことの一つも説明できないんだから」

ねえりっちゃん、と、朝子は私の手をとった。

「これから話すこと、落ち着いて聞いてくれる？」

台所でぽつんと、水滴がシンクに落ちる音がした。

「広志の、会社のことなんだけど」

朝子はためらいがちに続けた。

「今、ちょっと危ないの」

思ってもみなかった話だった。胸が、乱れた。

「立ちあげから一緒にやってきた経理の社員が、会社のお金を持ち逃げしたらしくてね」

胸の中をびっしり埋めていたものにヒビが入って、ほんの少し隙間《すきま》ができた。

その隙間のおかげで声が出た。

「そんな……いつ？」

「りっちゃんと一緒に住みはじめた直後のことだったみたい。かなりまとまった金額で、それで事務所も手放して」

「そんなこと、広志、一言も」

「りっちゃんに余計な心配かけたくないって、ずっと内緒にしてたらしいの」

「でも……じゃあ会社の電話に出たあの女の人は？」

「まだ持ち直せるかもしれないって、電話は生かしておいたみたい。秘書サービスっていうの？　ただ借金の取立て屋からひっきりなしにかかってくるようになって、その電話もとうとう閉じちゃったけど」

「借金って……まさかサラ金とかから」

朝子は悲痛な顔で頷いた。

「銀行からの融資が受けられなくて、せめてもう一人の社員の退職金ぐらいはって無理したらしいの。ああいうところって利子が高いでしょう?　私も加勢はしたんだけど、とても追いつかなくて」

「それで今、広志は——?」

「力を貸してくれそうな人に頭を下げてまわってる。残りの時間で日雇いのバイトをしてるらしくて、それでりっちゃんともなかなか連絡がとれないって言ってた。借金返すメドが付くまでは当分この生活が続きそうだって」

目頭が熱くなった。

胸をふさいでいたものがガラガラと崩れ落ちて、風が吹きぬける。

私は……試し履きされた靴じゃなかった。広志は私を、思ってくれていた。

私は言った。

「どれぐらいの額なんですか」

「二百万ぐらいらしいわ。それを返してから、会社を立て直す資金をつくるんだって。全部で一千万あれば何とかなるって言ってるけど」

「一千万……」

「軌道に乗ってきたところだったから、経理の人さえあんなことしなければ、順調に利益を上げていけたでしょうに」

頭の中で一千万という数字がリフレインしている。

「それから」と朝子は私の手を握りなおした。「ミカって子は、本当に関係ないの。あれはただのストーカー。困ってるって話も何度となく広志から聞いてたわ」

広志が恋人と断言した相手はりっちゃんだけなの、と、握る手に力をこめた。

「前にも言ったけど、広志って本当にツイてないというか、そういう、思いこみの激しい子に好かれてしまうことが多かったの。少し優しくしただけで好意を持ってると勘違いされたり、そのことで逆恨みされたり。広志もまた相手のそういうところを見抜けなくて、失敗ばかりでね。だからこそ、りっちゃんみたいな子に出会えたこと、広志はもちろん、私も喜んでたのよ。親代わりみたいなつもりでやってきたんだもの。二人の結婚、本当に楽しみにしていたの」

私だって。私だって楽しみにしていた。心から。

「こんなことになって、本当に申し訳ないわ。身内として恥ずかしく思います。本当にごめんなさい」

朝子は深く頭を垂れた。

「ただこれだけは信じてやって。広志はりっちゃんのことだけを思ってる。だからこそ迷惑かけたくないと思ってる」

朝子は声を詰まらせた。

そしてそれをごまかすみたいにガサガサと音を立てて、さっきの茶封筒を開けた。

「これ、見てやってくれる？」

封筒の中には、結婚式場のパンフレットと、旅行のパンフレットが入っていた。それから不動産のパンフレットも。

広志の声が、笑顔がよみがえる。

——今のプロジェクトが片付いたら、なるべく早く式を挙げよう。友達を招《よ》んでもいいし、二人だけで挙げてもいい。どっちにしろ姉貴は招ばないとスネるだろうな。

それから少し伏し目がちになって、でもはっきりした声で言ったのだった。

——君のご両親にどうしても祝福してもらいたい。それには仕事で成功することが何よりの近道だよね。がんばるよ。

「実は広志から伝言を預かってきてるの。りっちゃんには迷惑かもしれないけど」

——会社を立て直して、その資格ができたら、またプロポーズする。それまで待っていてくれとは言わない。ただもし律子がそのときも一人だったら、そして自分を許してくれるとしたら、一緒になってほしい。

「本、当に？」

朝子が力強くうなずく。

「あんなバカな弟だけど、りっちゃんのこと、本当に大事に思ってるのよ」

熱いものが頰を伝い、ぽたぽたとテーブルに落ちる。

今の今まで大きく揺れていた振り子が、一方にずしんと傾いて止まった。

私だって広志と別れたくない。結婚したい。一緒にいたい。

ためらうことなく朝子にそれを告げた。

「ありがとう、りっちゃん。本当にありがとう」

鼻をすする音が交互に響いた。

それがおかしくて二人で少し笑った。

「会社を立て直すまで、一年、二年……何年かかるかわからないけど、ゆくゆくは広志とりっちゃんの二人でやっていったらいいわね。もし私が会社をリストラされたら雇ってくれる？」

朝子は少しおどけて言い、「すぐにあいつに連絡しなきゃ」と携帯を手にとった。

が、つながらないらしかった。

「あいかわらず金策に走りまわってるみたい」

朝子は携帯を閉じて寂しげに笑った。

「しばらく落ち着かない状態が続くけど、ここは我慢のしどころね。もちろんりっちゃんは今のままの生活を続けてちょうだい。迷惑かからないようにさせるから大丈夫よ。いつか、一緒になれる日が必ずくるわ」

脳裏にふと、私と広志の未来が浮かんだ。

立て直した小さな事務所。それに隣接した自宅。コーヒーを淹《い》れる私。それを飲みながら難しい顔で新聞を読む広志。コートスタンドから上着を取って、行ってくるよと微笑む広志。玄関を出ていく広志は、ぴかぴかの革靴を履いている。広志のために、私が磨きあげた靴だ――。

「朝子さん」

涌きあがるように、自然に言葉が出た。

「お金があればいいんですよね」

「そう、だけど」

「私の貯金を足しにしてください」

「そんな」朝子は椅子の上で座りなおした。「りっちゃん。そんなこと簡単に言っちゃダメ。今回のことでもわかったでしょう？　会社なんて、何が起きるかわからないものなの。せっかく貯めたお金じゃないの、本当に大事なことに使わないと」

「今がその時なんです」私は必要とされているのだ。「広志が困ってるんだもの」

部屋は静寂に包まれた。穏やかで満ちたりた静寂だった。大きく開かれた朝子の目は赤く潤んでいる。

「りっちゃん……そんなに広志のことを……」

私は静かに頷いた。

迷いはなかった。

朝子が携帯を手に取って、あんたは幸せ者よ、と留守電に吹きこむ。

「これを聞いたときの広志の顔が見たいわね」

そして携帯をバッグにしまいながら、晴れ晴れとした声で言った。

「りっちゃんのおかげで何もかもが解決するんだもの」


あんなところに染みがあるなんて知らなかった。私はベッドに仰向《あおむ》けに寝たまま、天井の一点を見つづけていた。頭の中が冴えきって、一向に寝つけない。

朝子はあれからすぐに帰っていった。明日の十二時に、M銀行横浜支店のロビーで落ち合うことになっている。

何かが気になっていた。

空が白みはじめ、部屋の中をぼんやり照らしだしたころ、突然チャイムが鳴った。

ぴんぽーん、ぴーんぽーんという間抜けなその音に、私はベッドから這《は》いだした。

ドアの覗《のぞ》き窓から外の様子を窺う。

ミカだ。

「開けなさいよ。広志およびその彼女、いるんでしょう?」

よく通る声でそう言った。

私はチェーンをかけたままドアを開けた。

「広志は?」ミカは隙間から中を覗きこむようにして言った。

いないという意味をこめて首を横に振ると、ミカは「ふうん」と口を尖らせた。

「ねえずいぶんな挨拶じゃない」

ミカはドアの隙間から、タヌキみたいな縁取りの目で、チェーンをにらんだ。

「こっちは親切心で来てやってるのに」

このまえ見たときより、ずっと小柄な印象だ。灼けた肌、金色の髪、丈の短いサテンのワンピース。足元はメタリックシルバーのミュールだった。華やかだけど仕立てはあまり良くなさそうだ。

「こんな時間に悪いとは思ったけど、あたしの仕事あがりって大体このぐらいだから大目にみてよ。そもそも、あんたのこと心配して来てやってるわけだしさ」

わけがわからなかった。

けれど、心配、という言葉に誘われるようにチェーンを外し、ミカを中に入れた。

このまえ感じた危険な匂《にお》いはまったくなく、かわりに、強烈なアルコール臭と香水の匂いが漂ってきた。

ミカは舌足らずな口調で語りだした。

広志とは半年前に出会い系サイトで知り合ったこと、ミカのワンルームに広志が転がりこんできて一緒に住みはじめたこと、お互い忙しくてすれ違いも多かったけど、おおむね順調な毎日だったこと。

「けどあるとき浮気メール見つけちゃったんだよね。見るに堪えないラブラブなやつ。まあそれがあなたからのメールだったわけだけど」

ミカはアゴをつんと上げて私を指した。

「もちろんすぐに広志を問い詰めたわよ。あたし、そういうの黙ってられないヒトだから。そしたらあっさり認めたの、お前の百倍大事な女だって。で、そのまんま逃げやがったのよ。くたびれたパンツだとか整髪剤だとか、ロクでもないゴミだけ残してね。ひどくない？　百倍ってなによ。あたしはあんたの百分の一ってこと？　あんなに尽くして、いろいろ貢いだのに」

時計でしょー、スーツでしょーと、指折り数える。

「まあ総額七十万てとこかな。でもけっきょくあたしって、自由になるお金がそれ以上なかったのよね。あたし自身、金使い荒いしさ。だからどっちにしろ、あたしはそこまでだったのかもしんない」

私が押しだまっていると、まだわかんないの、とミカは言った。

「だーかーらー、それがあたしが広志にふられた理由。あんたが選ばれた理由。〝大事〟なのは要するに金。違うかな」

ミカは真顔で私を見た。

「このまえここに乗りこんだとき、あたし広志に何て言われて追い返されたと思う？」

聞いておきながら、私の答えは待たなかった。

「手切れ金なら払うからって。近々まとまった金が入るから、頼むからおとなしくしててくれってさ」

ミカはそして黄色いビーズバッグを開けた。中には、現金がそのまま入っていた。

十万――いやもう少しあるだろうか。

「これは前金。残りは明日、これの倍くれるってことになってる」

こっちを見あげるミカの瞳《ひとみ》に、棘のようなものは見当たらない。

私はというと……不思議なほど心は凪いでいた。

「なんでそんなことをわざわざ？」

「さあ」ミカは細い肩をすくめてみせた。「同類っぽいからかな。いいように人に利用されそうなとことか」

思わず苦笑した。

「もちろんあたしだって、つぎこんだお金はちょっとでも回収したいよ？　でもそれ以上に頭にきてんのよね。卑怯《ひきょう》な逃げ方したあげく金で解決しようなんて」

パチンとバッグを閉める。

「それと、あたしにも一応良心てやつがあるみたい。あんたがこれからあたしと同じ目にあうんだと思うと、なんか落ち着かなくって」

ミカが何かを差しだしてきた。

「これはこないだのお詫《わ》び」

一枚の絆創膏《ばんそうこう》だった。

そして最後に、ペロリと舌を出して言った。

「部屋、荒らしたりしてごめんね、アサコさん」

癖なのか、苛立《いらだ》ちのあらわれなのか、朝子は大股《おおまた》でずんずん歩いていく。後を尾けられていることには気づいていないようだ。

朝子はM銀行を出ると、湘南新宿ラインに乗った。そしてここ、終点のU駅に降り立ち、今は住宅街を抜けてどこかに向かっている。

――りっちゃんのおかげで何もかもが解決するんだもの。

私は「足しにしてくれ」としか申し出なかったのに、朝子は「解決する」と言いきった。貯金額が広志にとって必要な額と同じだということ――一千万円であることを、なぜ彼女が知っているのか。

教えられる人間は一人しかいない。

朝子は三階建てアパートの敷地に入っていった。一階の、一番右側のドアを開け、「ただいま」と中に入っていく。小窓が開け放たれていて、その前に立つと、中から言い争うような声が聞こえてきた。

――どういうことだよ。

――知らないわよ。さんざん待たせたあげく、都合が悪くなったって急に電話してきたんだもの。何様よ。噂ほどの小金持ちでもないくせに。毎回毎回、交通費だってバカにならないっての。

——おまえ、機嫌そこねるようなことしたんじゃないだろうな。

——誰に物を言ってんの？ 今回うまくいったのは私のおかげでしょ？ あんたは携帯忘れるわ、しょうもない女に見つかるわ、アリバイには死なれるわ。作戦変更するの、大変だったじゃないよ。

——俺のせいじゃねえよ。どいつもこいつも間が悪すぎんだよ。

ドアにかかっている表札が目に入って、乾いた笑いが漏《も》れた。偽名を使うにしても、もう少しひねりようはなかったのか。

島田宏志・浅子。

二人の名前の間にはハートマークが入っている。ミカが逆上したというアサコのメールの内容がどんなものだったのか。想像するだけで吐き気がする。

なんで気づかなかったんだろう。

自分のばかさ加減に腹が立った。

いや……うすうすは勘付いていたのかもしれない。それにぎゅっと目をつぶって、ただただ見ないようにしていた。

だって、うれしかったから。幸せだったから。

砂埃《すなぼこり》にまみれた窓枠にはガラス細工の風鈴がくくられていて、風に揺られてチリンチリンと、この場面には不似合いな澄んだ音を立てている。

私はバッグの上から、忍ばせてきたナイフの感触をたしかめた。七階の台所用品売り場で買ってきたキッチンナイフだ。社割で一四四〇円の。

風がやんだ。

風鈴が最後に、チリン、と大きな音を立てる。その柔らかな音が、心のどこかに小さな穴を開けた。そこから、何かがさらさらと流れだすのがわかる。

砂利を踏みしめて一歩前に進む。もう何年も履いている茶色の靴は、くたびれている上に、土埃で白くなっていた。毎日ぴかぴかの靴を売りながら、そういえば私はこんな靴ばかり履いている。

二人の名前が入った表札。その下のチャイムを押すと、はあいという二人の浮ついた声が重なった。

さあ、どっちでもいいから、早く出てくるといい。

ドアが開く。そこからのぞいた瞳が、あっと驚いたように見開いた。その目に浮かぶ驚きと怯《おび》えの色。私がドアを力いっぱい引くと、ノブに体重をかけていた相手は転がるように地面に崩れおちた。

言いたいことは山ほどある。

それを吐きだすかわりに私は、無表情のまま相手を見おろした。バッグの中に、手を入れるかどうかを考えていた。

視界の隅——玄関の土間に、あの赤いピンヒールが見えた。

ひとりよがり

我慢とか忍耐とか辛抱とか。そういうことがなにより嫌いな私にしたら、地獄のような一時間半だった。われながらよく頑張ったと思う。

その、頑張るって言葉も嫌いだ。努力、勇気、友情、思いやり――嫌いな言葉を頭の中で挙げながら席を立ち、オープンテラスをすり抜ける。

カフェを出たところで声をかけられた。振り返ると、一人の男が私に追いつこうとしていた。今の今まで、斜め前の席に一人で座っていた男だ。

「忘れ物ですよ」

そういって男は、診察券ほどの大きさの、緑色のカードを差しだした。

忘れたんじゃなくて、捨てたんだけど。

喉元《のどもと》まで出かけた言葉を飲みこんで、私はだまって受け取った。なぜなら、好みのタイプだったから。

「熊沢美鈴《みすず》さん、とおっしゃるんですか」

いっしゅん驚いたけれど、男がカードを指さしたので、ああ、と思った。裏面のサインを見たのだ。

間髪いれずに男は言った。

「よかったらドライブでもしませんか」

私はサングラス越しに、男の全身を一瞥《いちべつ》した。白い木綿のシャツは、高価なものではなさそうだが清潔感があった。ひょろんと背が高くて、線が細い感じもいい。そしてなにより、薄めの、整った顔が気に入った。

私はサングラスをはずし、男を見あげて微笑《ほほえ》んだ。

ちょうどよかった。誰かを呼びだそうと思っていたところだったのだ。


その決断を、五分後には後悔していた。今日は本当についてない。

駐車場に停《と》まっていた男の車は、国産のダサいセダンだった。しかも、ありえないほどファンシーなクマのぬいぐるみが、後部座席のど真ん中に置いてある。こんな車でよくナンパなんかしたもんだ。

とはいえ、ここからタクシー乗り場まで歩くのも面倒だった。今来た道をまた戻る格好になる。

まあいいか。タクシー代わりに、家までの移動手段ってことで。

車に乗りこみ、男と一緒に駐車場を出る。さっきのカフェの前を過ぎ、ショッピングモールにさしかかった。

「すごい人だなあ」男がぼそりとつぶやいた。「まあ三連休の初日ですからね」

たしかに、どこもかしこも人だらけだった。両手に紙袋を提《さ》げた女たち、ソフトクリームを食べながら歩く家族連れやカップル。首都圏から近いこの避暑地は、週末になると大勢の観光客が流れこんでくる。

これだから週末は嫌なのだ。

「さて、どこに行きましょう。リクエストはありますか？」

台詞《せりふ》はとっくに考えてあった。急用を思い出した、そう言えば済むはずだった。

ところが男はこう続けた。

「どこへでも行きますよ、お礼のしるしに」

私は思わず運転席のほうを向いた。

お礼？

男は横顔のまま言った。

「さっきの、カードのお礼です」

カードって——。

私はダルメシアンバーキンから、さっきの緑色のカードを取りだした。

「このこと?」

「ええ」男がこっちを見て微笑む。

「その臓器提供意思表示カードです」

「ぜんぜん意味がわからないんだけど」

「ですよね」

とりあえずS湖の方に向かいますね、と男は言った。それはかまわなかった。うちの別荘はその途中にあるから。

男はS湖方面にウィンカーを出しながら言った。

「妹が、レシピエントなんです」

レシピエントとは、臓器提供を待っている患者のことだ、と男は補足した。

「移植手術を希望してもう何年も臓器提供を待っているんですが、なかなか順番がまわってこなくてね。レシピエントの数に対して、提供者であるドナーの数はとても少ないんです。ですから、そうして善意でサインしていただけることは、何よりありがたいことなんですよ」

私は手元のカードを見おろして、○印の付いている文言を目で読んだ。

私は、脳死後及び心臓が停止した死後のいずれでも、
移植の為に臓器を提供します。

文言の下には、今日の日付と私のサインが入っている。

「さっき、一緒にサインしていたのは、彼氏ですか？」

カフェでのことが思い出されて、ざらりと嫌な気持ちになった。

あんな男、もう彼氏でもなんでもない。

私がだまると、その沈黙をどう取ったのか、男は弁解するように言った。

「じろじろ見るつもりはなかったんです。ただそのカードにだけは、つい目が行ってしまうものですから」

ゆるやかにハンドルを切りながら男は、患者や家族にとってそれは何億というお金より重いものなのだとしみじみ言った。

ふうん、と思う。こんな紙切れがねえ。

「心から感謝します。何の見返りもない、それでいて覚悟の要る決断をしてくださったこと」

別に、覚悟も決断も何もない。言われるがままに書いただけだ。

私がカードをパーキンに戻すと、男はふっと表情をやわらげた。

「僕は井上惣一郎《そういちろう》と言います。今日はあなたに会えてよかった」


途中、うちの別荘の入口を通りかかった。降りずにそのまま車に揺られているのは、惣一郎の運転がうまかったからだ。車のダサさを補って余りある腕だった。それに会話のテンポもいい。しゃべりすぎる男も、しゃべらなすぎる男も、私は嫌いだ。くさくさしていた気分が、ちょっと上向いてきた。こんなときはやっぱりドライブにかぎる。

湖畔のコースを快調に飛ばしながら、惣一郎は言った。

「僕は来月で三十なんですが、美鈴さんは五つ下ぐらいかな」

「当たり。二十五よ」

「やっぱり」惣一郎はパッと笑顔になった。

「彌月《みづき》とちょうど同じぐらいだと思ったんです」

彌月、というのが惣一郎の妹の名前らしかった。十代の頃に糖尿病を発症し、ずっと人工透析治療を受けているという。

「糖尿だなんて、甘い物でも食べすぎたの?」

私がそう言うと、惣一郎は苦笑しながら、病状について説明した。

糖尿病には、一型と二型の二種類があること。私が言っているのは二型のほうで、彌月は一型のほう——先天的に膵臓《すいぞう》の中のナントカという細胞が壊れ、インシュリンが出なくなるものだということ。

「インシュリンが不足すると、体内に取りこんだブドウ糖を、うまく利用できなくなるんです。つまり力が出なくなって、痩《や》せていってしまう」

「ふーん」

惣一郎の話は難しくて、ほとんどが頭を通り抜けていったが、痩せるという言葉だけは引っかかった。

「最近は特に調子が良くなくてね、この先のA病院に入院してるんです」

「あら、A病院なら私も盲腸でかつぎこまれたことがあるわ。あなた、なったことある? あの痛みといったらないわよ、本気で死ぬかと思ったもの」

「美鈴さんはここら辺の方なんですか」

「家は横浜。暑いのが苦手だから、夏の間は毎年こっちで過ごすことにしてるの。寒いのも苦手だから、冬はハワイに逃げるんだけど」

「うらやましい生活だなあ。仕事はどうしてるんです？」

「してないわ何も」

「すごいな。お嬢様なんだ」

「さっき通った熊沢リゾートって知ってる？」

「ええもちろん。この辺じゃ有名な高級別荘地ですから」

「パパはあそこの社長なの」

「ああ。それで」

熊沢グループは、国内外に十二ヵ所ある別荘地のほか、リゾートホテルやそれに付随する施設の経営なども手がけている。それらは全部使い放題だし、私名義の口座には定期的にまとまった額が振りこまれる。

「働く必要がないから働かない、それだけのことよ」

惣一郎はハンドルを握ったまま、なるほど、とまっすぐ前を向いている。

「あんまり驚かないのね」

「いや驚いてますよ。ただカフェで見かけたとき、オーラみたいなものを感じたから、やっぱりなという気がしただけです」

また少し気分がよくなった。

「あなたは何をしてる人なの」

「臨床検査技師ってわかりますか。医療機関や企業から委託を受けて、検査をする仕事です」

「検査って?」

「いろいろですよ。微生物、免疫、遺伝子、血液……食品衛生検査に、水質検査に、あと寄生虫なんかの検査もやってます」

「ねえ、寄生虫ってお腹《なか》に飼うと痩せられるんでしょう? サナダムシだっけ、一匹ちょうだいよ」

「無茶を言いますね」惣一郎は笑った。

「いいじゃない。どうってことないでしょ、それぐらい」

「痩せすぎはよくありませんよ」真顔になってこっちを向いた。「それに、美鈴さんはぜんぜん太ってなんかいません。健康的で、きわめて理想的な体型です」

「なんか色気のない褒《ほ》め方ね。学校の先生みたい」

初めて、惣一郎がハハと声をあげて笑った。

「彌月にもよく同じことを言われますよ」

悪くない笑顔だった。この夏はごたごたが片付くまで——少なくとも今月いっぱいはこっちに居るつもりでいたけど、いい暇つぶしができそうだ。

ロッジに入り電気をつける。朝ごはんを食べちらかしたまま出かけたリビングルームは、きれいに片付いていた。昼間のうちに管理人の山本がやってきて、洗濯、掃除、お酒のつまみや朝食の準備などを済ませ、夕方帰っていくのだ。

地下のワインセラーから適当に赤を一本取ってきて、冷蔵庫を開ける。おつまみの段にチーズとソーセージののった皿があったので、それを持ってソファに腰を下ろした。

夕食は湖畔のレストランで惣一郎と済ませた。家へ上げるかどうかは迷ったけど、けっきょくやめた。惣一郎には、明日の二時に迎えに来るよう言ってある。

今日は、疲れた。

ワインのコルクを抜いたとき、まるでタイミングを計ったように携帯が鳴った。

圭介の好きなロックバンドの着うただった。先月――圭介がまだ私の恋人であり、パパの部下であった頃にダウンロードしたものだ。

「美鈴？」

圭介の声が聞こえてきた。

「今日は久しぶりに会えてうれしかったよ」

ええそうね、と、ワインをグラスに注《つ》ぎながらあいまいに答える。カフェを去るとき、何度も何度もこっちを振り返っていた圭介の姿がよみがえった。

「今、リビングにいるんだね。ソファに座ってるのかな、声の響き方でわかるよ。そこは天井が高いから」

本当なら今ごろ僕もそっちで一緒に過ごしてたのに、とぼやいている。

私はグラスの中の濃い赤を透かし見ながら言った。

「今、おうちから?」

「どこだと思う」

いたずらっぽいその声に、嫌な予感がした。

「Kホテルにいるんだよ」

やっぱり。あのカフェから歩いてすぐのところにあるリゾートホテルだ。

「美鈴が言うとおり、僕らがしばらく会うべきじゃないっていうのはわかってる。けど、どうしても帰りがたくてね。横浜に戻ったところで、先方の電話攻勢にあうのが関の山だろ? この連休のあいだぐらいは、僕もこっちで羽を伸ばすことにしたよ。この一ヵ月、心休まる暇がなかったし」

圭介は昼間と同様に、ほとんど一人でしゃべりつづけた。

「このホテルの部屋も悪くないよ。もちろんうちのホテルにはかなわないけどね。美鈴はここには泊まったことないだろう？　明日にでも来るといい。なんなら今日これからでもいいんだよ」

「悪いけど、少し頭が痛いの」

すると圭介はあわてて、看病に行くよ、などと言った。

冗談じゃない。

私は行けたら行くと言葉を濁し、ルームナンバーをメモする振りをし、ねばる圭介に根気よく付き合って、ようやく電話を切った。

切ってすぐ、ワインを一息に飲み干した。せっかく持ち直していた気分が台無しだ。思い出したくもないのに、昼間の圭介の発言が一つひとつよみがえってくる。

――執行猶予は付くだろうって、内山先生は言ってる。

内山先生は、パパのお抱え弁護士だ。

――まあ、向こうだって相当なスピードを出してたわけだからね。

圭介はそういってアイスラテのストローをくわえた。ずずっと空気の混ざる不快な音が立ち、そこに、不起訴にならなかった動揺がにじんでいる気がした。

圭介は、自動車運転過失致死罪で在宅起訴された。

事故を起こしたのは一ヵ月前の深夜。神奈川県の山中をドライブしていたときのことだった。その一帯は、熊沢リゾートの次期開発予定地で、プロジェクトの重要ポストに置かれていた圭介はかなりご機嫌だった。

車は、直線から入ったカーブでセンターラインをオーバー。対向車線を走っていたバイクと接触して、進行方向右手の林につっこんだ。巨木に衝突した車のフロント部分は、アルミ缶か何かみたいにへしゃげた。パパに買ってもらったばかりの赤いアルファロメオだった。

——美鈴に怪我《けが》がなかったのが不幸中の幸いだったよ。

圭介は開いたエアバッグで軽い打撲傷を負った。

バイクは横転し、運悪く、工事作業のため駐車してあったトラックに激突。運転者は頭を強く打ち、搬送先の病院で死亡が確認された。二十歳の男性だった。

事故原因は〝CDを入れ替えようとしたことによる前方不注意〟とされた。当時、圭介がお酒を飲んでいなかったことは奇跡的で、そうでなければ危険運転致死罪が適用されていたかもしれなかった。

——美鈴のお父さんにはいろいろ力になってもらって、本当に何て言っていいか。

会社に復帰したら、恩返しするためにも死ぬ気で働くつもりだよ。

車は会社名義のものだった。また、リゾート開発反対が地元で叫ばれているさなかの事故だった。パパが弁護士をあてがっているのも、破格の示談金を積んだのも、そういった成り行きからに過ぎない。今回の解雇処分を圭介には〝一時的な措置〟と伝えているが、彼がふたたび会社に戻ることはないだろう。

――弔意と謝罪の意を示すために、こんなものを作ってみたんだ。

そういって圭介は、リゾートに不似合いな黒いブリーフケースから、一枚の紙切れを取りだした。企画書のようなそれには、誓約書というタイトルがついていた。文面には、運転はもうしないこと、交通事故防止のためのボランティア活動に積極的に参加すること、贖罪《しょくざい》の寄付をすること、故人の命日に墓参りをすることなどが謳《うた》われていて、最後に圭介のサインがあった。

圭介はさらに、あの緑色のカードを取りだした。

――被害者の男の子があの事故で臓器を提供したという話は、君も聞いているよね？　このカードを携帯していたらしいんだ。僕もその遺志を継ごうと思う。

カードは二枚用意されていた。

――君も、サインしてくれるだろう？

カードがどの程度の効力を持つのか私は知らないし知りたくもないけれど、遺族から嘆願書をとりつけて、なんとか罪を軽くしたい、執行猶予をとりたいという執念だけは伝わってきて、薄ら寒い気持ちになった。

もちろんすぐにサインをした。さっさとお帰りいただくためだ。

圭介は満足そうに頷くと、まるで会社の書類か何かのように手際よく、テーブルの上のものをまとめてブリーフケースにしまった。有能な社員としてバリバリ働いていた頃はスマートに見えた立ち回りも、今では、溺《おぼ》れた者の悪あがきにしか見えない。

私は圭介の運転が好きだった。だから運転しない圭介――ひいては、運転しない男というものには、露ほどの興味も持てない。

圭介に対して感じるのはもはや哀れみのみ。男としての魅力がない男、未来のない男に、これ以上時間も情もかけるつもりはない。

なのに内山先生はこう言うのだ。

――いいですね、美鈴さん。あのこと、、、、があります（笑）から、裁判と示談が済むまでは、彼との間になるべく波風を立てないように。これはお父様からの指示でもあります。

ああいやだ。いつまでこんな面倒なことを続けろっていうの。

私はワインをあおった。

だいたい、あんなこと、たいしたことじゃないのに。

翌日、惣一郎は二時ちょうどにやってきた。合格。遅刻なんて論外だけど、早すぎたって追い返すつもりでいたから。行きたいところはあるかと確認したうえで、「Y岳のほうをぐるっと周りましょうか」と提案してきたのもまあよかった。行き先のことなんかで出発前にもたついたりしたら、その時点でドライブは終了だ。

「何かありましたか」

ロッジ前の坂を下りながら惣一郎は言った。

「昨日会ったときもそうでしたけど、なんだかしんどそうな顔をしてる」

「人の顔色見るのが趣味なの？」

「趣味というか、癖なんです。彌月の体調管理が習慣なものですから」

嫌味の通じない男だ。

道も少し混んでいてイラッときたけど、昨日の街中の喧騒《けんそう》ほどではなかった。美術館や郷土資料館などのある賑《にぎ》やかな一帯を抜け、車は細い山道に入っていった。

「美鈴さんは、運転はしないんですか」

「運転なんて、ちっとも楽しくないもの。なにより面倒だわ。進むにはアクセルを踏まなきゃいけないし、停まるにはブレーキを踏まなきゃいけないし。そういうのは誰かがやればいいことであって、私はこうして助手席に座ってるのがいいの」

バッグの中で、携帯電話が震えた。さっきからずっと無視していたのだけど、確認してみたら、この一時間のあいだにメールが五通も届いていた。全部、圭介からだ。

「大丈夫ですか。この先はしばらく圏外ですから、用事があるなら今のうちに済ませておいたほうがいい」

「いいの。いたずらメールみたいなものだから」

うっとうしいので電源を切り、全開の窓から外を眺めた。

左手に川が流れ、右手に斜面が切り立っている。道幅は車一台がようやく通れるぐらいで、すれちがう車は今のところ見当たらない。

「初めて通る道だわ」

「人混みが苦手だって、美鈴さん言ってたから」と惣一郎は笑った。「この川の源流のあたりは、水はもちろんですけど、景色がすごくきれいなんですよ。さすがに車では行けませんけどね」

「詳しいのね」

「いつも、効率よくまわれるコースだとか、景色のいい場所なんかを探して走ってま

「それも癖?」

「そうですね。彌月になるべくいろんなものを見せてやりたいと思って。体力がないのと外出時間が短いのとで、なかなか遠くへは行けないけど、あいつ、何よりドライブが好きなんです」

ほころんだ口元に、白い歯がのぞいた。

「ふうん」窓枠にヒジをのせて、そっぽを向いた。「ずいぶん妹思いなのね」

「小さい頃からずっと体が弱かったから、目が離せないんですよ」

両親を早くに亡くしてずっと二人でやってきたんです、とつぶやいた。

車は、寄り添うように走っていた川から離れ、両側に森林の広がる一本道に入った。

惣一郎が運転席側のボタンでサンルーフを開ける。

「顔を出したら気持ちいいですよ」

「いいわ」オープンカーでもあるまいし。

「彌月が好きでね、よくやりたがるんです」

惣一郎が笑い、私はだまった。

しばらく、静かなドライブが続いた。道の両側から伸びた枝や葉が頭上で重なって、アーチみたいになっている。そこから漏れ落ちる陽射《ひざ》しが、フロントガラスの上に光の模様を描き、万華鏡のようにちらちらと移ろう。たしかに気持ちのいい場所ではあった。

前方にトンネルが見えてきた。

小沼隧道《ずいどう》、とある。

ひどく小さいトンネルだ。それに古い。全体が苔《こけ》むしていて、緑一色の周辺の景色に同化するみたいに、ひっそりとたたずんでいる。

惣一郎はスピードを落とし、慎重にトンネルに入っていった。

「このトンネルがあるから、この道は大型車は通行できないんです」

「でしょうね」幅はともかく、高さはこの車がギリギリ通れるぐらいしかない。「タクシーだって、上のところがぶつかっちゃいそうだわ」

トンネルを過ぎると、惣一郎はさらに山奥へと分け入っていった。ひどいガタガタ道で、車高ほどある草をかきわけるようにして進んでいく。

やがてふっと視界が開け、目の前に池があらわれた。

惣一郎は車を停めて、うきうきした様子で言った。

「ここは先月見つけたばかりなんです。小さいけど、わりと透明度があるんですよ。

昔彌月とよく遊んだ池に似ててね、位置的にN川の水が流れこんでるんじゃないかと思うんです。少し歩いてみませんか？　ミズスマシとかゲンゴロウなんかも――」

「小学生じゃないんだから」

私は窓から顔を出し、下を見て顔をしかめた。年中そうであるかのように、地面はじとじととぬかるんでいる。

「それに、いちいち車から降りるのも好きじゃないの。面倒くさいし、靴が汚れるし。このカサデイのエナメル、お気に入りなのよ」

「そう、ですか」

惣一郎は小声で言い、肩を落とした。あんまりはっきりと、子供みたいにがっかりした顔をするので、私は挑むような目で惣一郎の顔を覗きこんだ。

「残念？　彌月ちゃんなら喜ぶのに？」

惣一郎はだまっている。

「ねえ、私ってマニュアル車は嫌いな人なの。なんでかわかる？」

さあ、というふうに惣一郎が首を傾《かし》げる。

「シフトチェンジに何パーセントかでも気を取られるでしょ？」

私は惣一郎の胸に人差し指を突きつけながら、視線をからませた。

「百パーセント気持ちが自分に向いてないといやなの。私以外の女の話なんて、もってのほかだわ」

ささやくように言って、唇を重ねた。戸惑いが伝わってきたけれど、やがて惣一郎のほうからおずおずと唇を押しつけてきた。

風がざあっと草原を撫《な》で、どこかで鳥がいっせいに飛び立つ音がした。

右に左に揺れる車の中で、何度も何度もキスをした。唇が離れている時間のほうが短いぐらいに。

「美鈴さん……ほら危ないですよ」

惣一郎は困ったような顔をしながら応《こた》える。その困った顔もいい。途中で膝《ひざ》の上のバッグがジャマになって、後ろに放り投げた。クマに当たって倒れたのがわかったが、かまわなかった。

私が惣一郎の首に腕をまわすと、車はセンターラインを少しはみだした。けれど惣一郎はすぐにハンドルを戻し、車も通常のポジションに戻った。

ごらんなさいよ、と心の中で圭介に毒づく。

カーブを曲がりきれなかったのはけっきょく、あんたの腕が悪かっただけじゃない。

どんな山道だろうとどんなカーブだろうと、私はキスしたいときにキスする。我慢なんて、絶対にしない。

それの何が悪いの。

ベッドの上で私は、やっと汗の引いてきた体をうつぶせた。

「あれってあなたの趣味？　あのクマのぬいぐるみ」

「ああ、あれは」うとうとしていたのか、惣一郎は重そうに瞼《まぶた》を持ちあげた。「彌月のですよ。自分の代わりに車に乗せてやってくれって」

我慢や努力と同じぐらい嫌いな、甘ったるい発想だ。

「ねえ、病気って糖尿病でしょ。パパのお友達にだってたくさんいるけど、みんな自分のことは自分でやってるわ」

惣一郎はひっそりと笑って、また目を閉じた。

その長いまつげを見ながら私は言った。

「移植手術とやらを受けるべきね、早いところ」

「難関があるんですよ、いろいろと」

「たとえば？」

「たとえば。そうですね」惣一郎は軽く息をついた。

「本当なら、僕の臓器をあげることができれば、それが一番なんです。兄妹間は生体移植が認められていて、拒絶反応も少ないといわれているし、僕らは血液型もＨＬＡも適合している」

「ＨＬＡ？」

「白血球のタイプを表すものですよ。指紋みたいに一人ひとり違っていて、異物が体内に入ってきたとき攻撃する性質があります。だから臓器を提供する側とされる側でＨＬＡが合わないと――ミスマッチが多いと、せっかく移植しても拒絶反応を起こしてしまうんです」

「それが合ってる」

「ええ」

「すればいいじゃない、手術」

「そう簡単ではないんです」惣一郎はふっと笑って続けた。

「さっきも言いましたが、難関はまだありましてね。リンパ球直接交叉《こうさ》試験という、レシピエントの血清とドナーの血を混ぜて、拒否反応が出ないか――陰性であるかどうかを見る検査があるんですが」

そこで一つため息をついた。

「僕は、ここが陽性だった」

「陽性だとだめなの」

「だめですね」

私は少し体を起こして惣一郎の顔を見おろし、それから？　と先をうながした。

「生体移植ができなければ、第三者からの提供を待つことになります。そうすると今度は、優先順位の問題になる。ＨＬＡのミスマッチ数、臓器が提供される場所、移植手術を受ける場所、待機日数――そういった諸々《もろもろ》を点数化して、高い人から順番に受けられるシステムですが」

それで？　と鼻をつまむ。

「今、一万人以上の患者が、年間百件ほどの腎臓提供を待っている状態です」

「ふうん」

「ね、けっこう大変でしょう」

「ほかに方法はないわけ」

「残念ながら。今の医療制度では」

「でもだからって」シャープなアゴの輪郭を指でなぞる。「あなたがそこまで犠牲になる必要はないと思うけど」

「それは違います。逆ですよ」

生きがいなんです、と静かに言うと、惣一郎は私の手をつかんで、そろそろ眠りましょうと微笑を浮かべた。長い腕が枕元のスイッチに伸び、ダウンライトが絞られる。まもなく、寝息が聞こえてきた。

つられて瞼が下がりはじめたとき、階下でチャイムが鳴った。無視していたが、二度三度と続けて鳴ったので、しぶしぶガウンを羽織り、一階へ降りた。こんな時間に誰だろうという訝《いぶか》しさより、もしや、という予感のほうが大きかった。いずれにせよ、ドアを開けるつもりはない。

モニタを見たが、誰もいなかった。

チェーンをかけたまま、玄関のドアを細く開ける。外にはやはり誰もおらず、ポーチのまわりに闇《やみ》がしんと広がっているだけだ。なんだか気味が悪い。ドアを閉め、急いで鍵をかけた。

二階へ戻ろうとして、息を呑《の》んだ。

リビングの窓の外——ウッドデッキに、圭介が立っていた。浅黒い顔に笑みを浮かべ、こっちに手を振っている。しまったと思ったときには遅かった。

圭介は、鍵のかかっていない窓をするりと開け、デッキに靴を脱ぎそろえて部屋に上がりこんできた。

「美鈴、よかった。まだ起きてたんだね」

いつもの笑顔で近づいてくる。

「明日向こうに帰る前に、どうしても会いたかったんだ。体の具合は……どうやらよさそうだね」

圭介の目が三和土《たたき》の上の、惣一郎のスニーカーで止まった。そして打って変わった硬い声で吐き捨てた。

「やっぱりな」

にらみつけるような目で二階を見あげる。

「誰だ。あのショボイ車は佐藤じゃないな。大川か日下部か」

次々と会社の同僚の名を挙げた。

「あなたには関係ないでしょう」

「おおいにあるね。俺《おれ》にはそれを聞く権利がある」

口から泡が飛んだのが見えて、私は両腕で体を抱いた。

「俺に会えなくなったら、すぐ次ってわけか」

「うぬぼれないでよ」

「……なんだと？」

　圭介が、テーブル越しにこっちをにらみつけてくる。

「誰がお前をかばってやったんだ？　事故が起きたときお前は寝てた、だから何も見ていないし何も知らないって、俺がそう証言しなければお前だって――」

「別にかばってくれって頼んだわけじゃないわ。カッコ悪くて怖くて、単に言いだせなかっただけでしょう」

圭介の口元が神経質そうに引き攣れたのがわかった。

「正直に言えばいいじゃない。女とイチャついてて、ぜんぜん前を見てませんでした、ごめんなさいって。別に私はいいわよ。どうなったところで内山先生がうまくやってくれるでしょう。それより、あなたの立場がまずくなっちゃうんじゃないかしらね」

圭介の顔がみるみる赤黒くなっていく。

「……なんだと？」

私は腕を組んだまま、アゴでウッドデッキを指した。

「出ていって」

圭介はこぶしを握ったまま、身動きもせずに立ち尽くしている。

私は大きくため息をつくと、くるりと背を向けて電話に手を伸ばした。

「どこへかけるつもりだ」

「内山先生よ」

パパは海外にいる。岸壁の貝殻みたいに年中パパに張りついているママも、もちろん一緒だ。今週はタヒチだったかモルジブだったか。どっちでもいい。今後のことも、もうどうでもいい。そんなことより今、目の前の面倒から逃れたい。

壁に貼《は》ってある電話番号の一覧表を見る。その中の先生の番号を確かめながら、私は受話器を上げた。

「あとは先生と話し合ってちょうだい」

返事の代わりに太い腕が伸びてきて、乱暴にフックが押された。

顔をひねると、すぐそこに圭介の強ばった顔があった。

「どういうことだ、それ」

「そういうことよ。つまり」

さようなら、と、私は目を逸らさずに言った。

「俺たち……将来の約束までしてたじゃないか。親父さんも公認だったろう」

「そうね。パパも残念がってたわ。あなたはお婿《むこ》さんとしても跡取りとしても過不足ない人だったもの。でもしょうがないじゃない、事故を起こしちゃったんだから。運が悪かったと思ってあきらめなさいよ」

「捨てるのか」声が震えている。「捨てるんだな、俺を」

その必死の形相と吐く息の臭さに、私は顔をしかめ、後ずさった。

「なんだその目は」

ああいやだ。みっともない。

顔を背けようとしたとたん、ぐいとアゴをつかまれた。

「俺が何のために今まで昼も夜もなく仕えてきたと思ってるんだ。何のためにお前と、お前の親父の身勝手に付き合ってきたと思ってんだよ」

血走った目がじりじりと近づいてくる。

「社長の椅子《いす》は見えたも同然なんだ。それもすぐ目の前に。なのに、今さら梯子《はしご》をはずすだと？」

圭介の厚い手が、受話器を叩《たた》き落とした。

「ふざけるな」

ガウンの腕をつかまれ、私は床に押し倒された。惣一郎の名を呼んで抵抗すると、厚い手が、今度は首を絞めつけてきた。

「お前なんか。親父の威光がなければただのわがまま女のくせに。誰に見向きされることもない、馬鹿で尻軽で甘ったれで」

寂しい女。

その言葉に猛烈な反発を感じたが、声が出なかった。苦しい。目の前が白くなっていく――。

次の瞬間、ふっと、首が楽になった。

空気が喉に入ってくる。息が、できる。

目を開けると、かすむ視界の中で、圭介の体が後ろに吹っ飛んでいくのが見えた。

私の名前を呼ぶ惣一郎の声がする。私は大きく息を吸いこみ、そして激しく咳《せ》きこんだ。

ベッドに横たわる私の頭を、惣一郎はずっと撫でてくれている。

圭介は逃げた。なりふりかまわず。

車もなく明かりもないこの闇の中を、走って下りたんだろうか。その深く暗い執念に、背筋が寒くなる。

「怖い思いをしましたね。かわいそうに」

惣一郎は、あやすように私の肩をぽんぽんと叩いた。

「警察には、本当に届けなくていいんですか？」

私はコクリと頷いた。内山先生にはすでに連絡をした。あとは何とかしてくれるはずだ。

パパにもすぐ伝えると言っていたし。

「ならいいけど」

惣一郎はそう言って私の左手を取り、手の甲にそっとキスをすると、ちょっと待っててと言い残して一階に下りていった。戻ってきたときには、コップ一杯の水と薬袋を手に持っていた。

「少し、眠ったほうがいい」ベッドの縁に腰かけて、袋から錠剤を取りだす。

「僕が時どき飲んでる睡眠薬です。それほど強いものではないから、心配は要りませんよ」

私は首を横に振った。怖くて、とても眠れそうにない。

「大丈夫。僕が朝までここにいますから」

惣一郎の茶色がかった目が、優しく細まる。

私は上半身を起こして薬を受け取り、口に含んだ。水は、惣一郎が口移しで飲ませてくれた。ふたたびベッドに横たわると、惣一郎の長い指がゆっくりと髪を梳《と》きはじめた。

「ずっと、こうしてますから」

その声はまるで子守唄《こもりうた》のように、やわらかく耳に響いた。

私は初めて彌月という女に嫉妬《しっと》した。毎晩この声に包まれて眠りにつく、その幸福に。

忍びよるように睡魔は訪れ、惣一郎の輪郭が、だんだんとぼやけていく。

――美鈴？

すとんと眠りに落ちる寸前、優しい声で名前を呼ばれたような気がした。

左の手の甲が、チクリと痛んだような気もした。


ふたたび闇《やみ》が迫りつつあった。

私は両腕で体を抱きながら、時計を見あげた。六時。山本はついさっき、家事のいっさいを済ませて帰っていった。

――あの男がまだこのあたりにいる可能性があるなら、今日は一日、ここにいたほうがいい。

今朝、惣一郎は徹夜明けの腫《は》れぼったい目で言った。

――ただ、僕はどうしても病院に行かなくちゃなりません。

だめだと私は抗議した。ずっとここにいるようにと。

――今日は彌月の誕生日なんです。ドライブに連れていくと約束もしている。その代わり、暗くなる前に必ず戻ってきますから。

そう言っていたのに。

携帯にも何度も電話をかけているが、一向につながらない。

薬のせいか、昨日はいやな夢を見た。惣一郎が一人で何かしゃべっていて、けれど私には何を言っているのかわからなくて、あのクマのぬいぐるみがなぜか私の部屋にある。喉の奥が粘ついて、水を飲みたいのに指一本動かない。すぐそばにいる惣一郎を呼ぼうとしても、声が出ない。朝起きたときは、全身が汗でびっしょりだった。

私はソファに腰かけて、手の中の携帯を見おろした。そのまま手を裏返し、甲の真ん中にいつの間にかできていた、小さなアザを見た。

ほんの少しだけど皮下出血して、腫れている。昨日圭介ともみあったときに、どこかで打ったんだろうか。それにしては痛みはないし、真ん中にぷつんと、虫さされみたいな痕《あと》がある。

窓がカタカタッと音を立てた。

顔を上げたとき、窓に映った自分の姿が、昨日の圭介の姿にだぶってハッとした。
あわててカーテンを引き、しっかりと閉じ合わせる。
大丈夫。内山先生から、圭介と連絡がついたという報告があったばかりじゃないか。
だからこそ山本も帰らせたのだから。
さっきの、内山先生からの電話。
——とにかく、そこを離れたほうがいいかもしれませんね。いたずらに留まること
は精神衛生上よろしくないでしょう。
——パパは何て？
——やはりそこを離れたほうがいいと。私と同意見だとおっしゃっていました。
——それだけ……？
私の問いには答えず、内山先生は淡々とした声で続けた。
——グアムかサイパンあたりの別荘に身を寄せてはいかがですか。口座のほうには
いつものように私から資金を振りこんでおきます——。
私は腕組みしたまま、リビングを行ったり来たりした。
何を今さら、と思う。
忙しいパパだもの。何を今さら失望することがある？

大丈夫、と、もう一度自分に言い聞かせた。内山先生のことだ。どんな方法をとるかは知らないが、今回もうまく処理してくれるにちがいない。これまでだって――ライフルで遊んでいてコージに怪我をさせたときも、ユースケにあてつけがましく自殺をはかられたときも、穏便に片付けてくれた。

物心ついたときから、内山先生はいつも私の味方だった。

一度そう思ってから、急いで付け加えた。

パパも、味方だ。

七時になっても惣一郎の携帯はつながらなかった。

私は壁の一覧表の前に立ち、A病院の番号を押していった。この時間なら、ドライブからはとっくに戻っているはずだ。

許せない。

何回目かのコールで守衛の男性が出た。今日の受付時間は終わったから、明日またかけてくれという。切られそうになったのであわてて緊急だと付け加えた。そう緊急だ。彌月の誕生日なんかより、私がここに一人でいることのほうがよほど。

井上彌月の家族につないでくれ、そう告げると、何科に入院している患者かと聞かれた。わからないので、糖尿病で入院している女だと答えた。

長々と保留音が流れたあと、ようやくナースステーションにつながった。

ナースから用件を確認されたので、さっき守衛に説明したことをもう一度、いらいらしながら繰り返した。

するとナースは少し黙り、怪訝《けげん》な声で言った。

「井上さんはもうこちらにはいらっしゃいませんよ」

「え――」

「一年ぐらい前までは、たしかにいらっしゃいましたけど」

その後に続いたナースの言葉に、絶句した。

電話を切ったあとも身動きができず、私は呆然《ぼうぜん》と立ちつくしていた。

どういう、こと?

そう思った瞬間、背後に誰かがいることに気づいた。

けど〝誰か〟を確かめる暇はなかった。

頭の後ろに強い衝撃があり、目の前は、黒く暗転した。

体が不規則に揺れている。頭の後ろがひどく痛んで、まるでそこに心臓があるみたいにドクドクしている。

ぶつぶつとつぶやくような男の声が聞こえた。

――わかったわかった。そう急《せ》かすなよ。今度こそ、間違いないから。

私はゆっくりと瞼を開けた。目の前はぼんやりと白くかすんでいるが、自分が車に乗っていること、倒した助手席に寝かされていることはわかった。頭のすぐ横にはあのクマがいて、こっちを、見おろしている。

だんだん視界がはっきりしてきた。頭以外に痛むところはないが……手は後ろ手に、脚は閉じた状態で縛られている。口にはガムテープが貼られていて、しゃべることができない。顔の真正面にサンルーフがあり、そこから真っ暗な空と、おびただしい数の星が見える。どこを走っているのか、ひどい揺れだ。

体を起こそうとしたら、後頭部に激痛が走った。

「ああ、起きましたか」

惣一郎のさわやかな声がした。

「手荒いことしてすみません。さっきは、少し力を入れすぎてしまいました」

ハンドルを操りながら、あっけらかんと言う。

「今朝あなたから預かったロッジの鍵は、そこのバッグにしまってあります。戸締りも、ちゃんとしてきました」

頭を動かして周辺を見まわすと、バーキンが、後部座席の下に押しこめられるように置かれていた。

私は部屋着姿のままで、足にカサデイのエナメル靴を履かされている。

何なのよこれ。

見えているものすべてが奇妙で、現実感がない。

「彌月のね、容態が思わしくないんです」

惣一郎の言葉が、ますます私を混乱させる。

「心臓、血管、神経、消化管に合併症をおこしていて、視力も落ちてきています。このままだといずれ、失明するでしょう」

ふざけているとは思えない、真剣な声。

「もう時間がないんです。一刻も早く移植するしかない」

体じゅうが粟立《あわだ》った。

この人は……狂ってる。

惣一郎は独り言のように淡々と続けた。

「臓器移植っていうのは諸刃《もろは》の剣でね。絶望の闇のなかに、たしかに希望の光が一筋走っている。でも逆にいえば、糸みたいに細いその光のまわりは、全部闇なんです。おまけにその光が自分たちを照らしてくれる可能性は、うんと低いときてる。方法があるのに手が打てないというのは、つらいものですよ。方法がないのと同じぐらい――いや、ひょっとしたらそれ以上かもしれない。なにせ日に日に弱っていく彌月の前で、僕はただ指をくわえているしかないんですから。ドナーが現れるのを、順番が訪れるのを、ただ待つしかない。そのふがいなさといったらないですよ。お前は一体何をしているんだって、責められてる気がするんです。朝も昼も夜も」

そこまで一気にしゃべってから、ふうと息をついた。

「そんなとき僕は、ある言葉に出会ったんです。〝打つ手がないとき、一つだけ手がある、それは勇気を持つことだ〟――いい言葉だと思いませんか」

手足を縛っている紐《ひも》が肌に食いこんでいる。その鈍い痛みが、これは現実だと訴える。

「僕はね、勇気を出すことにしたんです。勇気さえあれば、一つだけ、道は残されていましたから」

私はシートベルトの金具の部分を、後ろ手に探した。そうして、惣一郎に見つからないように、気づかれないように、金具に紐をこすりつける。何とかこれを切ることができれば――。

「この一年間、僕は自分で適合者を探してきました。彌月に腎臓と膵臓を提供してくれるドナーを。つらくなんかありませんでしたよ。何もできずにいたそれまでのことを思えばむしろ、彌月のために動いているという充実感がありました」

フロントガラスに映っている惣一郎の顔は、満足げで穏やかだ。

「昨日の晩は、あなたの血を少しいただいたんです。検査に必要だったのでね」

あの手の甲の傷――。

得体の知れない不安に突き動かされて、私は紐をこする手を速めた。

「今日僕は職場であやうく叫びそうになりましたよ。あなたのHLAが、彌月のそれとぴったり一致したんです。ミスマッチのない一致ですよ。千人に一人ともいわれてるんです。これがどれほどすごいことか、あなたにはわからないでしょうね」

バックミラー越しに笑いかけてくる。

「リンパ球直接交叉試験も陰性でした。まさか、たった一年で見つかるなんて」

噛《か》みしめるように、そして、ぞっとするほどのすがすがしさで言った。

「ありがとう、君のおかげで妹は助かる」

ゆるゆると車が停まった。惣一郎はサイドブレーキを引いてから、柔和な顔をゆっくりとこちらに振り向けた。心臓が、きゅっと縮まる。

「さっきから一生懸命何かやってるみたいですけど、その紐はけっこう丈夫なんで、たぶん切れないと思いますよ」

全身から、力が抜けていく。

惣一郎は腕を伸ばしてバーキンを拾いあげ、中からあの緑色のカードを取りだした。

「あれからずっとここに入れっぱなしみたいですね。底のほうに放りこんだままというのは感心しないな」

その顔から笑みが消えた。

「実のところ僕は、あなたに対してかなり怒ってるんです」

金属のように冷ややかな声。

「このカードがカフェのテーブルに、ゴミか何かみたいに——グラスの水滴でびしょ濡《ぬ》れの状態で捨てられているのを見て、どんな気持ちがしたと思いますか？」

そんなこと……そんなの知らない。

惣一郎は押しだまったままカードを見おろしている。何が映っているのかわからない、虚《うつ》ろな瞳《ひとみ》で。

気が遠くなるような沈黙が流れた。

惣一郎はカードをパーキンに戻すと、サンルーフを全開にした。寒いぐらいの夜気が、車内にすべりこんでくる。

「さあ、美鈴さん」

惣一郎は、穏やかな顔と優しい声に戻り、私の体ごと助手席のシートを起こした。

「サンルーフから顔を出してください」

私は、助手席側のドアにしがみついて、激しく首を横に振った。

「ほら早く」

子守唄のように聞こえたあの声が、私を急かす。

「物騒なものはなるべく出したくないんですよ。ね」

その言葉に追いやられるように、私はよろよろと助手席の上に立ち、サンルーフから顔を出した。

「OK、そのままじっとしていてください」

惣一郎はレントゲン技師みたいな口調で言った。運転席で体をひねり、こっちを見あげながら、少しずつ少しずつサンルーフを閉めていく。

「安心してください。このまま首を絞めるなんてことはしませんよ。あくまで〝事故〟じゃなきゃいけないんだから」

やがてサンルーフは、喉に触れるぎりぎりのところ——十センチほどの隙間《すきま》を残して止まった。これじゃ頭を抜くことも体を抜くこともできない。

運転席のドアが開き、惣一郎が車を降りてきた。

「そんなに緊張しないでください。あなたはいつもどおりドライブを楽しんでくれればいいんです。ただ、これが最後ということになってしまいますけど」

本当に残念そうに言いながら、私の口のガムテープを丁寧に剝《は》がしていく。

「何なのよ」

力の限り叫んだ。叫んだつもりだったけど、声はかすれて震えていた。

「私知ってるのよ。あなたの妹のこと」

とっくに——一年も前に、死んでるんでしょう?

なぜかそれは口にできなかった。

惣一郎は私の言葉を無視して、ガムテープを小さく小さく折りたたみながら言った。

「彌月とね、一緒に考えたんです。脳死に導く方法を。かつ僕らに必要な臓器——腎臓と膵臓に傷のつかない方法を。かなりの難関ではありましたけど、あなたの苦痛も最小限で済むし、まあ完璧《かんぺき》な方法だと思いますよ」

「何よそれねえどういうこと」

惣一郎はうーんとうなった。

「口で説明するのはちょっと、あれです」言葉を濁し、小さく丸めたガムテープをルーフの上に置いた。「ただ、あなたの臓器は無駄にはしません。けっして」

おぼろげに見えていたものが像を結ぼうとしていた。

足元から恐怖が這《は》いあがってくる。

「ねえ冗談でしょ。だってあなたの妹はもう――」

惣一郎は微笑むばかりだ。

「ありえない。こんなの許されないわ」

「別に許されようとは思ってません。僕は、彌月の命が助かればそれでいいんです」

「私はどうなってもいいわけ？」

「彌月のためですから」

「そんな」

「申し訳ないが、僕にはあなたより彌月が大事だ。僕は彌月を失いたくない。彌月のいない世界なんて僕は――」

「勝手なこと言わないでよ。僕は僕はって、自分のことばっかり」

惣一郎の瞳がちらりと揺れた。

「勝手……僕が？」

「そうよ。しょせんはすべてあなたの独りよがりじゃない」

惣一郎はいっしゅん考えるような顔になった。

「違う。僕はただ彌月を――」

それきり口をつぐみ、宙に漂わせた視線を足元に落とした。

私は、たたみかけるように言った。

「一度ちゃんと話をしましょう。とりあえずここから出してくれない？」自分のものとは思えないほど媚びた声が出た。「あちこち痛くてしょうがないの、ねえ」

そのとき、強い風が吹いた。

梢《こずえ》や葉のざわめきが私たちを取り囲み、冷んやりとした空気が、洗うように頬を撫でた。

まるでそれらに促されるように、惣一郎がゆっくりと目を上げた。瞳は、さっきまでの落ち着きを、ふたたび取り戻していた。

惣一郎はヘッドライトが照らす先――闇の中に浮かぶまっすぐな道を見つめ、そして、運転席のドアに指をかけた。

私は叫んだ。ほとんど涙声だった。

「ねえ。本当はわかってるんでしょう？　こんなことしても、無駄だって」

ドアが開く。

「待って。わかった、お金ならあるわ。ツテだってある。権威の先生を探せばいいじゃない。海外はどう？　知ってるでしょう、パパと内山先生に相談すればいくらでも――」

車に乗りこむ途中で、惣一郎は動きを止め、まぶしそうな目で私を見た。

「君は幸せな人だ。望めばどんな手段だってあった。何だって、手に入れることができた」

ちがう。

あなたはわかっていない。本当のことをわかってない。

「勇気なんか、要らなかっただろう？」

いやだ。

「怖いんだね。わかるよ。誰だって自分が大事だ」

いやだいやだいやだ。

「行こう。彌月が待ってる」

惣一郎は、すとんと運転席に消えた。

車が、ゆるやかに走りだす。

最後のドライブに向けて。

顔に当たる風がどんどん強くなっていく。ルーフの上のガムテープは、あっけなく後方に飛んでいった。

やがて行く手に、見覚えのあるものが見えてきた。ヘッドライトは、あの小さなトンネルを照らしだしていた。ルーフぎりぎりの高さしかない——。

小沼隧道。

まさか、嘘《うそ》だ、そんなこと。

首でサンルーフをこじ開けようとした。

肩で叩き壊そうとした。

縛られた両手両足で、惣一郎の体を叩き、蹴《け》った。

必死だった。

車はほんの少し道を逸れたけど、すぐにまた元に戻った。

惣一郎の運転はうまかった。

サンルーフから頭一つ突きでたまま、車はぐんぐん加速していく。

冗談じゃない。私にかぎってこんなこと——。

涙で目の前がぼやける。

やっぱり今さらだった。

今さら、何かを悔やんだ。

遠い昔、パパの車でドライブしたたった一度きりの記憶が、走馬灯のようによみがえる。

アクセルがさらにぐんと踏みこまれた。風と嗚咽《おえつ》と恐怖で息ができない。止めて、という私の言葉は、風にかきけされた。

トンネルが、すぐ目の前に迫った。

小指の代償

四月に入ったというのに、また雪が降ってきた。

寒い。ずっと歯を噛《か》みしめているせいで、首から肩にかけての筋肉がパンパンに張っている。しゃがんだまま空を見あげると、木々の梢《こずえ》の合間に、垂れこめるような灰色の雲が見えた。そこから落ちてきた雪が一片《ひとひら》、まつ毛にとまる。

私は、枝につかまりながら慎重に移動した。

この急斜面でうかつに動けば、たちまち足を滑らせてしまうにちがいない。二十メートルほど下にある谷底には、大きな岩がごろごろしている。あそこへじかに叩《たた》きつけられれば、少々のケガではすまないだろう。

長野県M高原スキー場で二十七歳ＯＬ転落死。

そんなのはまっぴらごめんだ。

ウェアの下では体中の筋肉と関節が悲鳴を上げていて、特に腰の痛みがひどかった。なにせ朝からずっと、昼食以外の時間を、この中腰の姿勢で過ごしているのだ。

容赦なく垂れてくる鼻をすすりながら、落ち葉を蹴散《けち》らし、ナイフの先で石をはぐる。ポテトチップの袋、ペットボトル、煙草《たばこ》の吸殻に、なぜか壊れた炊飯ジャー。驚くほどたくさんのゴミが落ちているけれど、目当てのものはまだ見つからない。そもそも、砂漠の中からコンタクトレンズを探しだすような作業なのだ。

あれがどういう状態で落ちているか——バラバラに落ちているのか、くっついたままなのかもわからない。

首をぐるりとまわしたとき、若者たちの喚声が聞こえてきた。それは滑走の音と一緒に近づいてきて、私の頭上五メートルほどのところで最大になり、そしてあっという間に遠ざかっていった。この崖《がけ》をのぼりきったところの林道は、もみの木ゲレンデと白樺《しらかば》ゲレンデをつなぐ連絡コースになっている。

ふたたび静寂が訪れた。人が去ったあとの静寂は、深い。

滑走コースからはずれたこの一帯は、ブナやミズナラなどの高木が生い茂っている。日中でも薄暗く、陽の光が地面まで届かないためか、積もった雪は氷のようにガチガチだ。私は雪の塊をナイフで突き崩し、柄でかきわけていった。

半歩後ろにさがった瞬間、後ろ足が土にめりこんで、体がぐらりと谷底へ傾いた。とっさに左手を伸ばしたが、つかんだ枝はあまりにも細く、私はそのまま、大きく後ろに倒れこんだ。幸い木の根に引っかかって転落は免れたものの……危ないところだった。

起きあがろうとして地面に手をついたとき、なんとなく嫌な感触があった。見ると、手の下にはラグビーボールほどの大きさの石があり、裏返ったその表面には、黒いつぶつぶがぎっしりと付着していた。虫の卵だ。思わず悲鳴を上げると、すぐに崖下のほうから猛《たけし》の声がした。

――大丈夫か。

猛はここから十メートルほど下りたところの、特に傾斜のきつい谷底付近を探している。私は口元のネックウォーマーをずらし、大丈夫、と大声で答えて、窪《くぼ》みから足を引きぬいた。こうした窪みは、幾重にも重なった落ち葉によって巧妙に隠されてしまっているから、気をつけなければ。

それにしても、身動きがとりにくいことといったらない。ウェアの中に重ね着しているフリースにタイツ、それとごついブーツのせいだが、これほどの重装備にもかかわらず、寒さはウェアやブーツの内側にまで沁《し》みこんでくる。

グローブをはずして、袖《そで》口の隙間《すきま》に入りこんだ雪をはらった。指先はかじかんで真っ赤になっていて、息を吹きかけてもほとんど温度を感じない。なんとか感覚を取り戻そうと、手を握ったり開いたりしてみる。そうしながら、ちらりと頭上を見あげた。

いない。

ついさっきまであそこに居て、じっとこっちを見おろしていたのに。

どこへ行ったんだろう。落ち着かない気持ちがこみあげてくる。

——目を離さないようにしよう。

猛のいつもの言葉が思い出され、私はグローブをはめなおした。ブーツの硬い爪先《つまさき》で地面をつかみ、大きく一歩を踏みだす。

そのとき、頭上からしわがれた声が降ってきた。

「コラコラコラ。そこでなぁにしてんの」

声のしたほうを見あげると、黄色い蛍光ジャンパーを着た男性が、林道から身を乗りだすようにしてこっちを見おろしていた。スキー場の係員だ。日に焼けた顔をしかめて、あがってこいと手招きしている。

私はナイフの刃をたたんですばやくポケットにしまい、手近な木の枝に蛍光ピンクのリボンを結びつけた。これが、ここまで探したという印であり、次回のスタート地点にもなる。

一歩一歩慎重に崖を上りながら、目で足元の地面をさらっていく。一度探したところでも、ひょっとしたら見落としがあるかもしれないからだ。

林道まであと少しというところで、顔の高さに張りだしていた小枝が頰《ほお》を強くなぞった。

「大丈夫かいね」

係員は、崖と林道の境にある若いブナの木につかまりながら、こっちに手を差し伸べてきた。

「だぁめだよ、こんなとこ入《へぇ》ったら」

よいしょと私を引きあげると、ぱんぱんと手をはらって、眉間《みけん》に皺《しわ》を寄せた。

「立ち入り禁止って、あっちに札が立ってたっしょ」

すみません、と私は小声で頭を下げた。

「こないだも、ここの斜面を無理に滑走しようとして、ケガした子がいたんだから」

そう言いながら係員は、私の頰を指さした。

指された場所をぬぐってみると、白いグローブにうっすらと血が付いた。さっきの小枝にやられたのだろう、そういえば少しチリチリする。

係員は私の全身にさっと目を走らせて、怪訝《けげん》そうに目を細めた。私がスキー板やスノーボードの類《たぐい》を持ち合わせていないことに気づいたらしい。

「お姉さん、こんなところで何してたの」

私は、ちょっと探し物をしているのだと答えた。

「探し物？」声を裏返らせて、谷底を覗《のぞ》きこむ。

「なぁにを落としたわけ」

それが何かを知れば、驚くにちがいなかった。

「見つからないんかね」

私がこくりと頷《うなず》くと、係員はなだめるような口調になった。

「管理事務所に届けを出しとくっちゅう手も、あるにはあるんだよ。雪が溶けたらいっせいに大掃除すっからさ。ただ」係員は崖のほうを見やった。「ここまでは手がまわんねぇからねえ」

ぽんぽんとブナの幹を叩いている。

「ここは急カーブになってっからか、昔っから事故が多いんだわ」

係員は、年季の入った濃紺のスキー板に、タン、タンとリズムよくブーツをはめこんだ。

「とにかく危ねぇから。あきらめなさいよ」

そう言い残して、ゆるやかに林道を下っていった。

それと入れ替わるようにして、崖のほうから、きゅっきゅっと足音が近づいてきた。

大きな黒いウェア姿が、ブナの陰からのっそりとあらわれる。

「どうした？」

猛は、乱れた呼吸の合間に、やわらかい声でそう尋ねてきた。

中学で教師をしているせいか、少し背を丸めて視線を相手に合わせるクセがある。担当は理科。猛の授業を私は見たことはないけれど、生徒から人気があるらしいというのはわかる気がする。婚約者だからって点を甘くするわけじゃない。猛は涼《すず》やかな顔立ちの美形だし背も高いし、なにより優しい。

でも今、その端整な顔は痩せこけ、目の下には青黒いクマができている。この三ヵ月で体重は五キロ落ちた。付き合いはじめて三年になるけれど、これほどまでに追いつめられた猛を、見たことはなかった。顧問をしているサッカー部の部員たちが、乱闘事件を起こしたときだって、泰然としていたのに。

私は充血しきった猛の目から視線をはずして、スイスミリタリーの青い文字盤に目を落とした。そして言った。

「今日はもうあがろう」

三時を少し過ぎたところだった。

猛の、でも、という目をさえぎって、たたみかけるように言った。

「あの係員、また見回りにくるらしいの」

ウソでも言わなければ、猛は昨日みたいに日暮れまで地面を這《は》いつづけるだろう。

「ね？　目をつけられたら、明日やりにくくなるし」

猛には今日こそゆっくり湯船につかってもらいたかった。ぐっすり眠ってほしかった。だから私は心の中で係員に感謝した。何かきっかけでもない限り、私たちはここから自由に立ち去ることもできない。

猛はしぶしぶという感じで頷くと、骨ばった手でこけた頬をひと撫《な》でし、あたりを見渡しながら言った。

「佳代《かよ》ちゃんは？」

「わからない。気づいたらいなくなってて」

猛の顔がさっと曇る。

「きっと、先にホテルに戻ったのよ」

あわてて言ったが、猛の表情は変わらずだ。

「ねえ。明日はやっぱり、佳代にはホテルにいてもらったほうがいいんじゃないかしら。ラウンジとかレストランとか、人目のあるところならきっと――」

大丈夫だと思うの。

その言葉は飲みこんだ。

猛は少し考えるような顔をしてから、小さく頷いた。

「そうだよな。こんな寒いところに立ち通しじゃ体にさわるし」

自分に言い聞かせるような口調だった。紫色の唇は、ひび割れて血がにじんでいる。

——なんか寒い。カイロ、もっと持ってくればよかった。

ここに到着してすぐ、佳代はそうつぶやいた。

佳代のどんな小さなつぶやきも聞き逃さない猛は、自分のカイロを一つゆずった。けど佳代は、それでも寒いといって両腕で体を抱いた。もう一つ、また一つ。けっきょく猛は——そして私も、ありったけのカイロを渡したのだった。

猛の大きな手が私の頭をぽんと叩く。

「寒かったろ」

「猛こそ」返してから、さりげなく付け足した。

「カイロがあれば、もう少しマシだったのにね」

猛はだまった。

私は答えを待った。ああそうだな、とか、あれがあればな、とか。どんなに短い言葉でもいいから、猛の愚痴を、本音を聞かせてほしかった。

けれどけっきょく猛は口をつぐんだままだった。私の願いは宙をただよい、苦い後味だけ残して霧散した。

失望を押し隠して、もう一度谷底を見やった。視界の隅——数メートル下の地面で、何かが光ったような気がした。

近づいて、その光る何かを拾いあげる。

缶ジュースのプルタブだった。

ため息まじりにプルタブを投げ捨てると、猛は私の体を引き寄せて、ごめんな、と言った。それ以上は何も言わない。絶対に言わないでと、私が頼んでいるからだ。

鉛のような疲労と脱力感を背負って、私たちは林道を歩いた。ブーツを履いた足が重い。佳代がどこでどうしているか気がかりなのだろう、前を行く猛はひどく早足だ。宿泊先のホテルはゲレンデの目の前にあるから、ここからなら本当は五分で着く。スノーボードを、履いてさえいれば。

道端にカイロが打ち捨てられていた。

まさかという思いがいっしゅん胸をよぎる。

いや、違う。これは佳代のじゃない。佳代が捨てたものなんかじゃない。だって佳代は、そんな子じゃなかった。

雪がひどくなってきた。顔は凍《い》てつくようなのに、ウェアの中の温度と湿度だけがぐんぐんあがっていく。スキーヤーが私たちのすぐ脇を、猛スピードで追い越していった。「ジャマ」という声が聞こえたような気がした。

私たちは二泊三日でここへ来た。が、白銀の世界はもはや、私たちに喜びはもたらさない。あれほど好きだったスノーボードも今では、目にするだけで苦痛だ。

私たちがここへ来た目的はただ一つ。

探しているのだ。フラワーモチーフの、ホワイトゴールドの指輪を。そしてそれと一緒になくなった佳代の小指を。

*

息苦しいほど暖房の効いたレストランで、私たち三人はテーブルを囲んでいた。はめ殺しの大きな窓の向こうには、ライトアップされたゲレンデと、ナイターを楽しむ人々の姿が見える。

「お、これウマイ」

猛は大きな声で言って、佳代と私にホタテのグリエをすすめた。私はビールを飲む手を休めて一口食べ、「ホント。美味しい」と笑顔をつくった。

味わいなど、ありはしないけれど。

佳代はホタテにも猛にも目をくれず、ひたすら、自分の注文した牛頬肉の赤ワイン煮に没頭している。

猛がしゃべり、私が相槌《あいづち》を打ち、佳代が無視する。さっきから——いや、昨日の朝ここに着いてからというもの、私たちはずっとこの調子だ。

私は上目遣いでちらっと佳代を見た。

佳代は会社の同期だ。横浜の事務機器メーカーで一緒に働いていて、部署は五年間ずっと隣同士。入社当時、女性の同期は四人いたが、うち二人は早々に転職と結婚でそれぞれ辞めていってしまった。以来私たちは、毎日のランチ、週に一、二度のディナー、年に数回の旅行を共にしてきた。楽しいことや嫌なことや悩み事を分けあってきた。おしゃべりな私と、無口な佳代。タイプはまったく違うけれど、私たちは気が合ったし、誰よりも近くにいた。

それが今はどうだろう。目の前にいる佳代は、まるで他人のように遠い。いや、赤の他人以上に遠く感じる。

佳代は、がつがつと音が聞こえてきそうな勢いで肉を頬ばり、二杯目のライスを食べつくそうとしていた。二の腕や脇腹に肉がだぶついているのが、セーター越しにも見てとれる。前々から「太りやすい体質」だと嘆いてはいたけど、この頃ではまるで、猛から栄養を吸いとっているみたいに思える。

ウェイターが水を注《つ》ぎにくると、佳代はさりげなくフォークを置き、右手をテーブルの下に隠した。そして顔を背けて、いかにも夜景に目を奪われているかのように窓の外に目をやった。

ウェイターはやけに愛想よく話しかけてきた。お飲み物はいかがですか、チーズをお持ちしましょうか、この後九時からロビーでピアノの生演奏がございます、よろしければ皆様で――。それら一つひとつに猛は律儀に答え、そしてそのかたわら……いや他の何をおいても最優先で、佳代に根気よく笑顔を振り向ける。

佳代ちゃん、もう少し何か食べる？　そっかお腹《なか》いっぱいか。じゃあもう少し何か飲もうよ。ワインでも頼もうか。赤がいい？　それとも白？

まるでウェイターの接客そのままだ。

そんな猛の調子にあわせて私もワインリストを開いて見せる。佳代の視線が私の手――左の薬指を瞬時に舐めた。そこに婚約指輪がはまっていないことを、確認するかのように。

ウェイターが去ると、佳代はふたたびフォークをつかんだ。その右手は、やわらかなベージュのミトンで覆われている。猛の言葉と私のワインリストはやはり無視され、隣からため息が聞こえたような気がした。無音の、心のため息が。

そういえば、と、私は話題を変えた。

「さっき買い物してたみたいだけど、何かいいものでも見つけた?」

佳代の、肉を切る手が止まった。

ゲレンデから帰ってきたあと私たちは、休憩もとらず、佳代を探して館内を歩きまわった。一〇一五室、コーヒーラウンジ、展望レストラン——どこを探しても見つからず、体を引きずるようにして、ホテルに隣接しているショッピングモールに向かった。

果たして佳代はそこにいた。のんびりと、ショーケースを眺めていた。

どす黒い感情がこみあげてきて、私は思わず猛を見あげた。今度こそ何か言ってやろうと思った。けど、その横顔を見てやめた。猛は、心底ホッとしていた。

——この旅行のあいだに変な気を起こすんじゃないか。

つまり自殺をするのではないかというのが、猛が一番心配していることだった。

「いいものかどうかは別にして」

佳代はフォークを置いた。

「面白いものは見つかったわ。アクセサリー売り場におしゃべり好きな店員がいてね、こう言うのよ」

ミトン越しに右手の甲を見つめる。

「幸せは、右手の小指から入ってくるんですって」

猛の体が強《こわ》ばったのがわかった。

「あたし、これまで、あのピンキーリングでブロックしちゃってたのね」

佳代はそしてナイフとフォークを取りあげ、また肉を切りはじめた。

「でも、だとすると、今のあたしの状態はどう解釈すればいいのかしら」

私たちは押しだまった。どんな言葉を返せというのだろう。

「それにしても、二人とも、今日はずいぶん早く切りあげたのね」

それには私があわてて答えた。

「係員に怒られちゃったのよ。危ないからやめなさいって」

「ふうん」皿が、キイ、と不快な音を立てた。「じゃあ明日はやめる?」

「いや、やるよもちろん」

すかさず猛が答えた。

私も続けた。

「九時ぐらいからまた始めようと思ってるの」

佳代は肉汁で唇をぎらつかせながら、無言で手を動かしている。

「明日は晴れるらしいよ」猛が取りつくろうように言った。

そうね、晴れるらしいわね、と私も言った。

「よかったよな。ほら、昨日今日と天気悪かったからさ」

そうね、ホントね、と相槌を打った。

佳代はひたすら黙《もく》したままだったが、肉を食べ終わりナイフを置いたときにだけ、ポツリと口を開いた。

「リフトが動くのは、何時だったかしらね」


気まずい夕食を終えて、私たちはそれぞれの部屋に戻った。ダブルベッドにすとんと腰を下ろすと、だるさに体が沈みこんだ。何を考える気力もない。

明日の集合時間は九時。今日と同じように一階のロビーで落ち合うことになった。

――やっぱり、八時半にしようか。

エレベーターの中で猛が言った。言い出すであろうことはわかっていたから、私は

にしか受け取れなかった。けれど佳代は言った。

リフトが動きだすのは八時半だ。佳代のあのつぶやきは、三十分早めろというふうにしか受け取れなかった。けれど佳代は言った。

――いいんじゃないの。予定どおり九時で。

いったい何を考えているのか。そしてどうしたいのか。

さっぱりわからない。

「疲れただろ」

猛は私の頭をぽんと叩き、浴室に向かった。

「今、風呂張るから」

蛇口をひねる音がして、水流音が聞こえてきた。

疲れたかって? 猛のほうが疲れてるに決まってる。

この春休みも毎日毎日サッカー部の練習で、ゆっくりできる日なんかほとんどなくて、そんななかでようやく取れた三日間の休日だった。それをすべて、この虚《むな》しい宝探しに費やしてる。

猛はけっきょく、お湯がたまるのを待てずにベッドへ倒れこみ、すぐに苦しげな鼾《いびき》をかきはじめた。額には玉のような汗と、あのときに負った十五センチの傷が浮かん

ように見えた。

でいる。脱臼《だっきゅう》した左肩だって、治ってはいるものの、まだ痛むみたいだ。

眉間に深い皺が寄り、唇は硬く結ばれている。その唇が動いた。危ない、と動いたように見えた。

佳代は小指を失った。私と猛も、目に見えない何かを、毎日少しずつ失《な》くしていっている気がする。

かすかに流れていたFMの時報が、日付が変わったことを告げた。サイドボードのデジタル表示に、0が三つ並ぶ。四月三日。本当なら私と猛にとって、かけがえのない一日になるはずだった。

――式は、延期しないか。

猛が打ちひしがれた様子で切りだしたとき、とてもNOとは言えなかった。

なんとか「わかった」と笑顔で答えたけれど、その日は一晩中泣いた。私は、猛と腕を組み、フラワーシャワーを浴びる日を指折り数えていた。披露宴で佳代のスピーチを聞く日を、心から待ち望んでいた。なのに。

着るはずだったウェディングドレスは今、一人暮らしの狭いワンルームのカーテンレールに窮屈そうに吊るされている。式当日に入れようと言っていた籍も、同じように延期した。二人で住むための部屋探しは中断され、めぼしい物件に丸のついたチラシは、部屋の隅に追いやられている。

猛の鼾が規則正しいそれに変わると、私にも睡魔がおそってきた。眠りに落ちる寸前、耳の奥でシャッという鋭い音が聞こえた気がした。エッジが雪を削る音だ。

その瞬間、私は覚悟した。こんな夜は必ずあの日の夢を見る。

一月三日の悪夢を。

＊

あの日は快晴で、私と佳代は同じリフトに乗っていた。

猛は一つ前に乗っていて、前日のダーツで負けた罰に、大仏のかぶり物を付けている。「癖になりそう」とは言うものの、ほとんど佳代のためだろう。

私は隣の佳代を見た。視線に気づいた佳代がにっこり微笑みかえしてくる。少しずつだけど元気を取り戻してるみたいに見えて、私は少しほっとした。

本当ならリフトは二人ずつで乗るはずだった。私と猛、佳代と佳代の彼氏。ところが佳代の彼氏――準一《じゅんいち》が、直前にキャンセルしてきたのだ。しかも理由は、「友達と初詣《はつもうで》に行くから」。どうやら、「友達」の中に気になる女の子がいるらしい。

――あいつ学生時代から女癖が悪かったからなあ。

そんな男を佳代に紹介するなんてと私が怒ると、猛は、まさか堅実派の佳代があいつを好きになるとは思わなかったと首をすくめた。去年の夏に猛が企画した大人数でのバーベキュー大会で、二人は出会い、付き合いだしたのだった。

リフトに揺られながら、佳代はそっと右手のグローブをはずした。小指にはホワイトゴールドの指輪がはまっている。付き合いはじめてすぐの頃、準一がプレゼントしてくれたというピンキーリングだ。ピンクトルマリンと、ペリドットでかたどられた可憐《かれん》な花が、佳代の指に咲いている。ただそれも、ここのところのストレス太りで、かなりキツそうだ。それもこれも準一のせいなのだった。

それでも佳代はいとおしそうに指輪を撫でていて、そんな姿を見るたび、腹立たしい思いでいっぱいになる。あのオトコときたら、佳代がだまって我慢しているのに付けこんで好き勝手やっているのだ。

今回の旅行のこと、やっぱり猛まかせにしないで、私が直接ガツンと言ってやるべきだった。猛から止められてしまったのだ。二人のことは二人に任せるべき、他人が――特におせっかいなお前が口をはさむと余計ややこしくなる、と。

リフトを降り、もみの木ゲレンデの中腹から林道に入る。白樺ゲレンデまでは約三キロで、細くゆるい下り坂が続く。

猛、佳代、私の順で滑りおりた。スノボの腕前もちょうどこの順だ。同じ回数だけ通っているのに、私より佳代のほうが少しだけうまい。おっとりして見えるわりには学生時代にソフトボールでキャッチャーをやっていたらしいし、それに案外負けず嫌いでもある。

はるか前方を滑っていた猛が減速し、道端で止まった。しゃがみこんでストラップを調整している。佳代と私はぎりぎりのところを通りすぎながら、エッジで雪を蹴散らした。覚えてろよ、と、芝居がかった声が後ろから追いかけてきた。

小さなブナの木が見えてきたとき、佳代が小さな悲鳴を上げて転倒した。尻餅《しりもち》をついたまま横滑りし、ブナの根に乗りあげるようにして止まる。

私も後に続いて止まった。

ブナの木に手をついて向こう側を覗きこむと、深い谷が口をあけていた。

——うわあ、危ないとこだったね。

——ホント。

そう答えてから、佳代は顔をしかめた。

——でも、ひねっちゃったみたい。

佳代はビンディングをはずして、雪の上に右脚を投げだした。

ブーツをそろそろと脱がしてみると、足首が青く変色し、すでに腫れはじめていた。

――悪いけど、サポーターを出してもらっていいかな。

佳代はそう言ってリュックを手わたしてきた。学生時代から右足首の捻挫《ねんざ》が癖になっているのだという。サポーターを取りだしながら私は言った。

――これやっても痛かったら猛に背負わそう。

――ダメよ体重がバレちゃう。

――なに言ってんのよ、今さら。

つま先から、そうっとサポーターをくぐらせる。

――猛が嫌なら、私が背負ったげる。

――それもダメ。あたし本当に重いもん。

佳代は泣きそうな顔になった。いつだったか、準一が放った暴言を思い出す。

――おまえさーどこまで太んだよ。あと一キロでも太ったらバイバイね。

準一は自分のビール腹を棚に上げて、佳代の体型のことをとにかくうるさく言う。

そして佳代は、こんなに太ってしまったら準一にますます愛想をつかされてしまうと嘆く。

私はサポーターを巻きながら、ここにいない男に当てつけるように言った。

——佳代の一人や二人、どうってことないんだから。だいたいね、ちょっとぐらい太ろうが痩《や》せようが何だっていうのよ。佳代は佳代だっつうのよ。

サポーターを巻き終えたら、今度はブーツだ。そうとう痛むらしく、足首に力がかかるたび、佳代は顔をしかめた。

後ろから、軽快な滑走音が聞こえてきた。振り返ると、猛がこっちに滑りおりてくるのが見えた。顔がニヤついている。何をたくらんでいるかはすぐにわかった。さっきの仕返しでもするつもりなのだろう。

猛のすぐ後ろに、もう一人スノーボーダーがいた。グレーの帽子にグレーのウェア。初心者らしく、危なっかしい加速ぶりで、どんどん猛に迫っている。

嫌な予感がした。

「すいません！」とボーダーが叫ぶ。「すいませんすいませんすいません」。連呼しながら、猛の背中につっこんだ。猛の体がよろめく。その目が、やばい、というふうに大きく剝《む》かれた。猛の大きな体が、ぐんぐんこっちに近づいてくる。

佳代を見た。佳代はようやくブーツを履き終えたところだった。雪の上——お尻の両脇に、剝きだしの両手をつき、「いたた」という顔で立ちあがろうとしている。

滑走音がすぐそこに迫った。うわっという猛の声がした。私はとっさに目をつぶった。風が通りすぎ、直後、あわてて目を開けた。まっさきに目に飛びこんできたのは、谷底にむかって勢いよくダイブする猛の姿だった。

心臓が止まる思いがし、猛の名前を呼ぼうとした。そのときだった。

佳代の絶叫が空を裂いた。

ハッと目を覚ますと、目の前に猛の顔があった。

「大丈夫か」

私は小さく頷き、ベッドの上で半身を起こした。全身汗びっしょりで、喉《のど》は焼けつくようだ。佳代の悲鳴が、まだ耳に残っている。

猛が水を汲《く》んできてくれ、私にコップを渡しながら、もう一度聞いた。

ダイジョウブか？

私は答えた。

ダイジョウブよ、ダイジョウブ。

この空疎な言葉のやりとりを、私たちはこの三ヵ月間にどれだけ繰り返してきただろう。

猛は私の髪を撫でながら静かに言った。

「ひどくなってるんじゃないか」

私はことさらに大きくかぶりを振った。

ひどくなっている——そのことを認めたら、私たちの結婚がまた遠のいてしまうような気がした。

「大丈夫よ」私は無理やり笑みをつくった。「前よりは良くなってると思う」

実際、眠れるようになっただけマシといえた。ただ、猛と一緒のときは必ずこうしてうなされてしまう。お互いの不安やら絶望やらが共鳴するのかもしれなかった。

「ごめんな」

猛が私に背を向けた。

そして、言わないで、と私が懇願していた台詞を力なく口にした。

「ごめん。俺《おれ》のせいで」

それきり会話は途絶えた。

猛は背を丸めて、頭をかかえた。百八十センチある体も、広い背中も、一回りも二回りも小さくなってしまったような気がする。

こんなに近くにあるのに、しがみつくことさえためらわれる背中。その背中を私はぼんやりと見つめた。頭の中ではまた、あの堂々巡りが始まる。

佳代をあの旅行に誘った私が悪かったのだろうか。せめて佳代と二人の旅行にすべきだったのか。猛だって「二人でゆっくりしておいで」と言ってくれていたのだから、そうすべきだったのかもしれない。

でも、でも――。

三人で行こう。

最後にそう言ったのは佳代ではなかったか。

「なあ」

猛は絞りだすような声で言った。

続きは、聞きたくなかった。聞かなくても、猛の口から語られようとしていることが私たちにとってよくないものだろうという気がした。

「俺たちの結婚……白紙に戻さないか」

恐れていた言葉だった。恐れていた瞬間だった。いつかこんな日が来るのではないかと、私はずっとびくびくしていた。

「それって……婚約を解消するっていうこと?」

瞬きだけで猛が答える。

家のテーブルの上に、ぽつんと置いてきたエンゲージリングを思った。

「でも」

喉の奥が粘ついた。

「佳代も言ったじゃない。私のことは気にしないで、って」

「言った。けど……本心で言っているとは思えない」

猛はかすれた声で言い、両手で顔を覆った。

「猛は……結婚したくなくなった？」

「そんなわけないだろう」

「じゃあ、何も解消しなくたって……。佳代がいつか立ち直って、そうしたら――」

「いつかっていつだよ！」

猛が声を荒らげた。付き合いはじめてこの三年で初めてのことだ。

沈黙が続いた。

「ごめん」

そう言って猛はうなだれた。

「でも、あんな状態の彼女をおいて、俺たちだけ幸せになるなんて出来ないよ」

私はだまって目を逸らした。謝り、うなだれる猛の姿をこれ以上見たくなかった。

事故後。佳代は実家に閉じこもったままだった。私たちが訪ねても部屋から出てこようとせず、電話をかけても取り次いでもらえなかった。ようやく部屋に招き入れられたのは、三週間近く経《た》ったある日のことだ。

どんな非難も罵《のの》りも覚悟していたのに、佳代はただうつむいていた。そして蚊の鳴くような声で、元に戻りたい、とだけつぶやいた。

私たちは何でもするつもりだった。指はもう戻らない。けれどかつての私たちの毎日――楽しかった平穏なあの日々は、きっと取り戻すことができるはずだ。だから身の回り品の買い出しも、病院の付き添いも、深夜の呼び出しもいとわなかった。

その甲斐《かい》あってか、佳代の口数は次第に増えていき、やつれた顔に笑みが浮かぶようになっていった。会社にも復帰した。治療費や慰謝料に関する猛の申し出にも、耳を傾けはじめた。

佳代のケガも、ケガと一緒についた心の傷も、そして私たちの関係も、修復されつつあるように思えた。

でもそれは錯覚だった。

佳代が突然、二泊三日でＭ高原に行こうと言いだしたのだ。

やってほしいことがある、と。

窓べに立ち、ぼんやりと窓の外を見る。空が明るみ、山々がオレンジ色に染まりはじめていた。猛はふたたび眠りについたが、小さく身を縮こめていて、苦いものでも噛んでいるようなその寝顔は、安らかとは言いがたかった。

こんな顔をして眠る人ではなかった。

大の字に手足を広げ、口をぽっかり開けて鼾をかき、朝まで一度も目を覚まさない、そんな健康的な人だった。

不当なくじを引かされている——そんな思いが加速度的にふくれあがっていく。

そもそもの原因は、あの初心者ボーダーではないか。私たちを置き去りにし、二度と戻ってこなかった名も知れぬ男。罪の意識にうなされ、地面を這いつくばるべきは、猛ではなくあの男だ。なのに、責任を問うことはおろか、怒りをぶつけることもできない。

それにも増して準一の薄情さはどうだ。彼女がつらいときこそそばにいて、支えるのが恋人の役目ではないか。

なのに猛にこう話したという。

――もともと別れようと思ってたんすよ。ちょうどいいって言ったらナンだけど、こうなったら、しょうがないっしょ。

なぜ私たちだけがこんな苦しみにあうのか。

結婚が、白紙にされなければならないのか。

立ちあがって部屋を出た。

エレベーターで二つ上の階に上がり、突き当たりの部屋をノックする。

すぐに佳代の顔がドアの隙間からのぞいた。こんな早朝にドアを叩かれたにもかかわらず、佳代は平然と落ち着いていた。パジャマに、ガウンを羽織った姿だ。

佳代は無言でチェーンをはずし、私を部屋へ招きいれた。そして椅子に腰かけて、座れば？　と視線でうながしてきた。私は、佳代の正面の椅子に腰かけた。

　こうして二人で向かいあうのは久しぶりだった。事故以来、佳代に会うときはいつも猛と一緒だったから。

　キングサイズのベッドがいやおうなく目に入る。猛が、佳代の心が休まるようにと手配したジュニアスイートだ。

　佳代がテーブルの上のグラスに手を伸ばす。その中身がウィスキーであることに気づいて、胸を衝《つ》かれた。佳代が一人でお酒を飲むなんて。以前はなかったことだ。

空調の低いうなりだけが部屋に満ちている。勢いこんで来たものの最初の一言が出てこなかった。

そもそも、私は何をしに来たのだろう。

カラン、と、グラスの氷が音を立てた。

沈黙を、先にやぶったのは佳代だった。

「猛くんから、結婚やめようとでも言われた？」

ハッとして佳代の顔を見る。

その顔は、冷ややかにも、この状況を楽しんでいるようにも見えた。

「そうよ」

知らず知らず声が震えた。

「私たち、もうダメかもしれない」

佳代は私の顔を見据えたまま、ふうん、と鼻を鳴らした。

「それで、八つ当たりしにきたんだ？」

頭にかっと血がのぼった。

「そんな言い方ないでしょう」

「じゃあ何しに来たの」

言葉に詰まって、私はきつく口を結んだ。

佳代はグラスを取り、手の中でもてあそびながら言った。

「悪いけどあたし、自分のことで手一杯なの。あなたを慰めてる暇はないのよ」

「そんなこと」

「期待してない？　うそ。してるくせに。あたしがもういいよって言うの、待ってるくせに。〝考え直してあげて〟って、彼に進言してほしいんでしょう？」

佳代の手の中でカラカラと、氷の澄んだ音がしている。

私は何も、言い返せなかった。

「さて、と」

佳代がグラスをテーブルに戻す。

「言いたいのはそれだけ？　だったらあたし、少し眠りたいんだけど」

そして椅子から立ちあがりかけた。

「なんで？」

とっさに私は言っていた。なんでそんな言い方するの。態度をとるの。

なんで。なんで。

佳代がすとんと椅子に戻る。私は言った。

「なんでここに来たいなんて言いだしたの。何が目的なの」

谷底に這いつくばる猛の姿や、ホテルに戻るまでのみじめな道のりが思い出されて、鼻の奥がつんとした。

「ばかげてるわ、こんなこと」

私は佳代から目を逸らし、じゅうたんの上の染みをひたすらに見つめた。

長い長い沈黙があった。

「まあね。たしかにばかげてるわね」

佳代が言い、私は顔を上げた。

「それこそ八つ当たりよ。いや、がら、せ」

「………」

「たとえ指が見つかったって、今さらどうなるわけじゃないし。あのとき見つからなかったのが運のツキだったわけだし」

佳代の血は白い雪をあざやかに染めていた。その血痕《けっこん》をたどれば、指はすぐに見つかるような気がした。

猛は死に物狂いで探した。レスキュー隊の到着を待つ間、額から流れる血を汗のようにぬぐい、鼻先を雪面にこすりつけんばかりにして。大丈夫、大丈夫、指輪と一緒にすぐ見つけてみせるからと、佳代と私と自分に言い聞かせながら。

「今頃は、腐って木の養分にでもなってるでしょうよ。ちょうどあの、小さなブナのあたりかしらね」

「やめて！」

私はぎゅっと目をつぶり、両手で耳をふさいだ。

「あなたはいいわよ」

こもったような佳代の声がする。

「そうやって、嫌なことから目を逸らすことができる。耳をふさぐことができる」

私はそろそろと耳から手をはずし、目を開けた。

目の前で佳代が、ゆっくりとミトンを剝《は》いでいく。

ふくよかな手のひらと、そこから伸びた四本の指。小指のない佳代の右手。手術痕が生々しい。まだ腫れが引いていないのか、断面が少し盛りあがっている。

事故の瞬間の映像が浮かんだ。

鋭いエッジが佳代の薬指と小指のあいだに突き刺さり、無防備な薄い皮膚を破り、肉を裂き、血染めの指が雪の中に転がる——どれもこれも見ているはずがないのに、それらの映像は驚くほど仔細《しさい》で鮮明だった。

私は、事故後初めて佳代の右手を直視したのだった。

「気持ち悪いでしょ」

佳代は静かに言った。

「でも、あたしは一生これから逃れられない」

佳代はゆっくりとミトンをはめながら言った。

「会社に復帰した日、一階の守衛さんがなんて言ったと思う？　一番目立たない指でよかったねですって。総務の牧田さんはわざわざデスクまでやってきて、かわいそうにって、じろじろ手を眺めてったわ。井上課長は、今は医療が発達してるから必ずつつくはずだって力説してた」

井上は私たちの直属の上司だ。

「わかってるの、あの人たちに悪気はないってこと。励ましのつもりで言ってるんだってことぐらい。でもしょうがないじゃない。言葉がぐさぐさ刺さるんだもの。すごく、傷つくんだもの。パソコンのキーボードが標本台に思える気持ち、あなたにわかる？」

佳代はミトン越しに手をさすった。

「一週間前、井上課長から廊下ですれ違いざまに言われたわ」

――いい加減、許してやんなさいよ。歩けなくなったとか目が見えなくなったとかじゃないんだし、自分もお楽しみ中の事故だったわけだしさ。それにほら彼女をご覧よ。あんなに痩せて、しょんぼりしちゃって。かわいそうじゃない。

「そう言って私の全身を眺めたの。まるで、ぶくぶく太ってる私が悪いって言ってるみたいな目だった」

佳代が急に態度を硬化させたのは――この旅行の話を持ちだしたのは、一週間前のことだった。

「許せですって？　簡単に言わないでよ」

佳代の声が上ずった。

「あたしだって許したい。不運な事故だった、猛くんもかわいそうだった、みんな大変だったって、それで何もかもを終わりにできたら――自分の気持ちに整理がついたらどれだけいいか」

佳代は悲鳴にも似た、振り絞るような声で続けた。

「いったんは踏ん切りをつけたつもりでいた。けど違ったの。ダメなの。いくら気持ちに蓋をしたって、奥底ではまだ何かがぐらぐらいってる。なんでこんなことになったの？　誰のせいでこうなったの？　あたしの気持ちはどうなるの？　って。あなたがさっき、まるで悲劇のヒロインみたいな顔をしてここへ来たときも、正直いって吐き気がした」

荒い息の合間に、佳代は一つ深呼吸をした。

「こういうどろどろした気持ち、いつかは冷めてなくなるのかしら。冷めてほしい。なくなってほしい。なのに、ねえ、ダメなの。冷めるどころかあちこち焦げて、あたしどんどん嫌な人間になる」

そして最後に、力なくつぶやいた。

「もう、戻れない気がする」

そう言って右手を胸の前で握り、その上から左手をかぶせた。まるで何かから右手を守るように。

佳代はクルリと背を向けた。その背中が小刻みに震えている。

戻れないなんて、そんなことはない。何があっても佳代は佳代だと、以前のように言いたかった。

けれど言えなかった。そんな言葉を口にする資格はどこにもなかった。

――ごめん。

長い沈黙のあと、ようやく言えたのはそれだけだった。

今まで、うんざりするほど繰り返してきた言葉。

どれだけ繰り返したところで、佳代の心を溶かすことはできない言葉――。

むなしさとふがいなさに打ちのめされ、私はよろよろと立ちあがった。

部屋を出て、後ろ手にドアを閉める。そのまましばらく立ち尽くしていると、ドアの向こうに佳代の気配を感じた。

空耳だろうか。佳代が、私の名前を呼んだような気がした。

「佳代？」

振り返って呼びかけると、消え入りそうな佳代の声がした。

――ケリをつけるから。

私はもう一度名前を呼び、ドアにすがりついた。

――どんな形であれ、ちゃんとつけるから。

ノブをまわしたが、空転するばかりだった。佳代の声もそれ以上は聞こえてこず、重いドアだけが私の前にはだかっていた。

＊

九時十分前に一階へ降り、ロビーで佳代を待った。

ガラス越しに外を見やる。昨日までとは打って変わって、雲一つない晴天だ。気温が十四度まで上がると聞いて、ウェアの下は肌着とTシャツだけの軽装にした。猛には明け方のことは話していない。話さなきゃとは思ったけれど……できなかった。

九時を過ぎても、佳代は降りてこなかった。ロビーの電話から内線をかけてみたが、応答はなく、携帯もつながらない。

――ケリをつける。

そんな言葉が不意に思い出されて、胸が騒いだ。

フロントで、佳代の部屋を開けてもらえないかと頼んでみた。すると――。

「お連れ様でしたら、先ほど外出されましたが」

ルームキーも預かっているという。

「それ、いつですか」

「三十分ほど前だったと思います」

「行き先は?」

「そこまではちょっと」

フロントマンは困惑顔で首をひねったが、直後に、そういえば、と付け加えた。

「リフトが動いているかどうか確認されてましたので、ゲレンデに出られたんじゃないでしょうか」

私と猛は顔を見合わせた。

まさか。

私たちは玄関を飛びだしてリフトに飛び乗った。

降りた後は、雪に足をとられながらひたすら走った。林道は雪が溶けてべちゃべちゃになっていて、ところどころ地面が露出している。

遅れがちな私の手を猛が引っぱる。呼吸音が、静まりかえった林道に響く。

重い足を前へ前へと出しながら、カーブを曲がり、祈るような気持ちで行く先を見すえた。

あのブナの木が目に飛びこんできた。

いた。

佳代は、幹に寄りかかって、谷底を覗きこんでいた。

足音に気づいたのか、佳代はゆっくりとこっちを振り返った。正面から朝陽《ひ》を浴びて、まぶしそうに目を細めている。

もつれる足で佳代のそばに駆けよった。

「佳代……どうしたの……一体」

息があがって途切れ途切れになった。

「別に」

淡々と佳代は言った。

「散歩よ」

一気に全身の力が抜け、その場にへたりこみそうになった。

ふと、佳代のスニーカーに目が行った。両足とも泥まみれだ。よく見れば、ジーンズや白いダウンジャケットもあちこちがぐっしょり濡れそぼっている。

どうしたのかと尋ねても、佳代はやっぱり「別に」とぶっきらぼうに答えるだけだった。

猛が言った。

「まあ、とにかくよかったよ。な」

そして私の背中を軽く叩いて、いつもどおり崖を降りていった。私もすぐに後を追った。やわらかな土の上に降り、斜面を下ろうとして……なんとなく足を止めた。

振り返ると、佳代がじっとこっちを見おろしていた。まるで、一人取り残されてしまった子供のような顔で。

「行ってくるね」

そんな言葉が自然に口を衝いて出た。

ひょっとしたら昨日もおとといも、佳代はあんなふうに私たちを見ていたのかもしれない。なのに私は一度も振り返ることなく佳代を置き去りにした。

なんでこんなことをしなくちゃならないの？　たしかに佳代は事故の被害者だったけど、今この瞬間は加害者じゃないか。私たちこそ、被害者じゃないか――。

そんな気持ちはきっと、佳代に向けた背中ににじみ出ていたにちがいない。

私はピンクのリボンを枝からほどいて、地面にしゃがみこんだ。

涙があふれてきた。

それは次から次へとあふれてきて雪の上に落ち、跡形もなく消え去っていった。

許してもらえるはずがない。私が無言のままに放った言葉も取ってきた態度も、消えはしない。

私は黙々と地面を這った。根雪の深い場所、朽木の中、動物の巣のような穴――これまでなおざりにしていた場所も、ふるいにかけるように探っていった。

どれぐらい経っただろう。

谷底から、猛の声がした。

——あった！

それは叫び声にも近かった。

草や枝を搔《か》きわけながら、猛がこっちに上ってくる。はずむ息遣いが近づいてきて、私はふらふらと立ちあがった。

こっちを見あげる猛の顔はくしゃくしゃだった。そうだ、猛は笑うとこうなるのだ。林道に戻ると、猛はそろそろと佳代に歩み寄った。そしてポケットに手を突っこんで、そこから何かを取りだした。

指輪だった。

ホワイトゴールド、花のモチーフ、深い緑色をした石。

私は、思わず猛の横顔を見あげた。

違う……似ているけど、これじゃない。

猛は気づいていないようだ。無理もない。もともとこういうものに無頓着《むとんじゃく》な人だから。

とっさに佳代を見た。その首が横に振られ、猛の肩ががっくりと落ちるその瞬間を、想像しただけで胸が痛んだ。けれど——。

佳代は指輪に手を伸ばした。

そしてそれをミトンの手袋の上にのせ、だまって見おろしている。

猛が声をはずませた。

「それが落ちてたあたりを探してくる。きっと近くに――」

「いい」

佳代がさえぎるように言った。

「もう、いい」

佳代は指輪を、無造作にダウンのポケットにしまった。

「雪はたくさん。帰りたい」

そう言うと、くるりと背を向けて歩きだした。

猛がぎこちなくこっちを向く。私もきっと同じような顔をしているのだろう、困ったような目で私を見た。

その間にも佳代はどんどん歩いて行ってしまう。

戸惑いながら猛は言った。

「とにかく……スコップとか取ってくる。先に行ってて」

そう言ってまた崖を降りていった。

私は佳代を追った。スピードがだんだん速まって、駆け足のようになる。もうちょっとで追いつくというとき、重たい雪に足をとられて前のめりに転んだ。

佳代が振り向いた。

「別に、許したわけじゃないから」

無表情のままで、にこりともしない。

「ふっきれたわけでもないから」

佳代はそして右手を差しだし、つぶやくように言った。

ただこんなのがイヤなだけ。戻りたいだけ。

ちょっとずつでもいいから。

目の前に、差し伸べられた手があった。

ミトンをはめた、佳代の右手があった。

おさななじみ

居間の荷物はおおかた片付いて、段ボール箱も残すところあと二つになった。いずれも中身は冬物の衣類だから、このまま納戸にしまってしまってもいいかもしれない。私は、擦り切れの目立つソファに座って、ぐるんと首をまわしてから、目の前のグランドピアノを見あげた。

ここへ越してきてから、今日でちょうど三週間が経つ。土日しか片付けに割けないこともあって、思ったより時間がかかってしまった。

立ちあがって、カラになった箱をつぶしにかかる。ふと顔を上げると、庭で遊ぶ花菜《かな》の姿が見えた。スコップを手に、垣根の脇に座りこんでいる。ずっとアパート暮らしだったためだろう、一軒家が珍しいらしく、朝からずっとああして地面を掘り起こしている。

カラ箱をまとめて紐《ひも》でくくろうとしたとき、右の人差し指に痛みが走った。見ると、爪が肉からわずかに浮いて、うっすらと血がにじんでいた。

顔をしかめながら指を口にくわえ、絆創膏《ばんそうこう》はどこへしまったっけと考える。

その瞬間、電話が鳴った。休日の、この時間にかけてくる相手は決まっている。私は耳障りな呼び出し音をやり過ごして、電話台の横の、タンスの引き出しを開けた。一番上の引き出しに絆創膏はなかった。

「ママー電話だよー」

庭から花菜の声がした。

それでも私は出ずにいた。

二段目の引き出しを探っているあいだも、電話はしつこく鳴りつづけた。

「ママーでんわー」

三段目に手をかける前に、一呼吸してから受話器を上げた。

「千穂《ちほ》かい？」

受話器の向こうから、母の、弱々しい声が聞こえてきた。いや、弱々しさをよそおった声色というべきか。

「今日はなんだか朝から具合が悪くてねえ」

母は、こん、と小さく咳払《せきばら》いをした。

「でも大丈夫よ、心配は要らないわ。さっきね、よく効くって評判の漢方を譲ってもらったの」

そういって母は、三軒隣のご近所さんの名を挙げた。

「なんでも家族全員で飲んでるらしいのよ。喉《のど》の調子がちょっと悪いときやなんかにも、とってもよく効くんですって」

よかったらどう？　という言葉には、要らない、と答えた。

「それにしてもいいお天気ねえ」

意味ありげな間があり、そしていつもの質問が続いた。

「お前たち、今日はこれから用事でもあるの？」

「デパートに行くのよ」間髪いれずに答えた。「花菜と二人で」

少し遅れて、そう、と返事があった。

「そう、そうよね。花菜ちゃん、来週から年少さんだものね。せっかく名門の幼稚園に通うんだもの、いろいろ買い揃《そろ》えておかないとね」自分に言い聞かせるような口調だった。「ねえ、花菜ちゃんそこにいるんでしょう？」

「いるけど」

肩越しに庭を見やると、花菜はスコップを放りだして、這《は》いつくばるように地面を見ていた。アリの巣でも見つけたのだろう。

「遊んでる。夢中みたい」

「……そう」

母は幾分気落ちした声になったが、すぐに調子を取り戻した。

「そうね、今はまだバタバタしているものね。じゃあ幼稚園が始まって、少し落ち着いた頃はどうかしら。今月の終わりか、来月の頭あたり。ゴールデンウィークと重なるから、ちょっと混むかもしれないけど」

母は一人で話しつづけた。

私は自分の手元を見おろした。無意識のうちに指先がぐるぐるとコードを巻き取っていることに気づき、パッと手を離した。

「お花がきれいな季節だし、房総のあたりまで足を伸ばして――」

「悪いけど、出かけるから」

「そうね、そうよね」

まだしゃべりたそうな様子なのを「じゃあ」とさえぎると、つぶやくような母の声が聞こえてきた。

「私はね、お前たちが来てくれるのだけが楽しみなのよ」

私は静かに受話器を置いた。苦いものが、お腹のほうからじわじわとこみあげてくる。嫌悪、哀れみ、そして罪悪感。

電話を切った後は、いつもこんな気分になる。

「ママ見てー」

振り返ると、花菜が縁側に左手をつき、背伸びをするようにして、右の手のひらをこっちに差しだしていた。

「おっきなお豆、あそこに落ちてたの」

花菜はそう言って、垣根のあたりを振り返った。その拍子に、手のひらの上の〝豆〟が、縁側の板の間にころんと落ちた。

ひからびた銀杏《ぎんなん》だった。

私はすぐに板の間に膝《ひざ》をついて、花菜の右手を確かめた。もみじのような手のひらに、幸い、かぶれのような痕《あと》は見あたらない。

花菜がふたたび銀杏に手を伸ばそうとしているので、あわててそれを制止した。

「触っちゃだめ」

「どうして？」

「これは銀杏っていって、毒があって、おててがぷうって腫《は》れちゃうの」

「腫れちゃうの？　ぷうって？」

「そう。ママ昔なったことがあるのよ。すごくかゆくて大変だったんだから」

「かゆいの？　大変なの？」

花菜はぎゅっと顔を歪《ゆが》めて、自分の手のひらを見た。

「でも花菜はかゆくないよ」

「そうね。でも、後でかゆくなったり腫れたりすることがあるの」

「花菜も後でかゆくなる？」

花菜は泣きそうな顔になった。

私はふくふくしたその頬を撫でながら言った。

「もしそうなっちゃったら、ママと一緒にお医者さんに行こう。けど、触った人みんなが、かゆくなったり腫れたりするわけじゃないのよ。それに」

私は縁側の上の、しわしわの銀杏を見おろした。

「〝おばあちゃん銀杏〟だから、もう、毒がなくなっちゃってるかもしれないし」

「ほんと？」

花菜はパッと笑顔になって、銀杏を覗《のぞ》きこんだ。

「とにかく今度からこれを見つけても触っちゃだめよ。わかった？」

「はあい」

花菜は元気に答えると、縁側に両手をついてぴょんぴょん跳ねながら、おばあちゃん銀杏、おばあちゃん銀杏と、歌うように繰り返した。どうやらその言葉が気に入ったらしい。

私は、スカートの泥汚れを手ではらってやりながら言った。

「お出かけするから準備をしなさい」

花菜の黒目がつやつやと輝く。

「ミミちゃんち？　それともさくら公園？」

「デパートよ。横浜のデパート」

花菜はさらに目を大きく見開くと、蹴《け》るように運動靴を脱いだ。

「手もちゃんと洗うのよ」

花菜はドタドタと足音を響かせながら洗面所に向かい、それから勢いよく階段を上っていった。お気に入りのスカートを取りに行ったのだろう。近頃早くもしゃれっけづいて、気に入らない服はいっさい着なくなった。

私は板の間に腰を下ろしたまま、目の前に転がる銀杏をぼんやりと見た。そして、今しがた自分が放った言葉を胸のうちで反芻《はんすう》した。

——年をとったら毒がなくなる。……本当に？

銀杏を拾いあげた。挑むような気持ちだった。それを、庭に向かって思い切り投げつけようとして、やめた。

立ちあがって、窓を閉めた。ぴしゃりという音がして、家の中にいっしゅん静寂が訪れる。銀杏は居間のゴミ箱に捨てた。テーブルの上には新聞や郵便物の類が積んであって、そのてっぺんに通販雑誌がのっている。表紙は、色違いのニットを着て微笑む、六十代の女性と三十代の女性だ。親子のイメージらしく、肩を寄せ合うようにして笑っている。

私はその写真に一瞥《いちべつ》をくれてから隣室に移動し、鏡台に座った。三十三年ものあいだ紫外線の洗礼を受けてきた肌は、衰えを隠せない。そこへファンデーションを塗りこむと、ますます母に似てくるような気がする。

口紅を引きながら、庭のほうを見やった。垣根の向こうに、青々と葉をしげらせた大きなイチョウの木が見えた。

十五年前と何一つ変わらないその姿は、あの出来事を思い出させる。

＊

廊下に貼りだされた中間テストの結果を見あげながら、クラスメイトたちがひそひそと囁《ささや》きあっている。彼らの口から漏れるのは、「また」とか「ダントツ」といった感嘆の言葉と、嫉妬《しっと》まじりのため息だ。

一位　浅田千穂《あさだちほ》。

入学してからずっとトップの座をゆずったことはない。いや、正確に言えば「ずっと」というのは間違いか。おととしのちょうど今頃、テスト初日に、風邪《かぜ》で休んでしまったことがある。熱はその日のうちに下がったし、学校に行こうと思えば翌日からでも行けたのだけれど、私はテスト期間が終わるまで家で勉強し、他の教科も受けなかった。中途半端な結果を残すのなら、最初からレースをあきらめたほうがましだ。

チャイムが鳴った。

次は美術の授業だが、出席するだけ時間のムダで、私は迷わず保健室に向かった。一台ずつ仕切りのされたベッドに参考書を持ちこむと、おもしろいぐらいに勉強がはかどる。クラスメイトたちが一文の得にもならない下手《へた》な絵を描いているあいだに、自分だけが合格に向かって前進していると思うと、自然と集中力も高まるのだった。だが問題もある。この時期は、同じことを考える生徒が増えるため、ベッドがすぐに満杯になってしまう。最近では養護教諭のタナカも、本当に熱があるかどうか確かめるなどチェックを強化して、時には生徒を追い返したりもするという。

私は保健室に向かう途中で廊下を折れて、女子トイレに入った。個室に入り、鍵を閉め、制服のポケットに忍ばせておいた小さなカッターを取りだす。

カチカチカチ。

刃を少しだけ出して、顔の前に近づける。

刃先が錆《さ》びていないことを確認してから、左手を見おろした。手のひらの、手首に近いところに、横一線の傷痕《きずあと》がある。先週やったところだ。とすると、ここはダメ。

スカートを少しめくって、脚を見た。もう何年も陽《ひ》に当たっていない、真っ白な太腿《ふともも》。私は左腿の、膝に近い部分に刃を当てて、すうっと引いた。

かすかな痛みと、肌ににじむ一筋の赤い線。それらをしっかりと確認してから、ティッシュで傷口をおさえた。

これでよし。

私は赤く染まったティッシュを手に、個室から出た。これも捨てずに傷と一緒に見せる。そのほうが効果があるからだ。

手を洗いながら、鏡に映る自分の顔を見た。見慣れた顔だ。見飽きたといってもいいかもしれない。腫れぼったい目、まばらな眉毛《まゆげ》、薄い唇。美人ともかわいいとも言われたことがない、のっぺりとした顔。

私はおかっぱの髪を、手ぐしで整えた。

——あなたはいいのよ。他の子にはない才能があるんだから。

母がそんなことを言うようになったのは、いつの頃からだったろう。中学に入る前……いや、それよりももっと、ずっと前だったような気がする。

器量が悪くたって頭がいいんだから。

スタイルが悪くたって頭がいいんだから。

体育や音楽ができなくたって、愛嬌《あいきょう》がなくたって、異性にもてなくたって。

そう、人は何か一つ、秀でていることがあればいい。私の場合はそれが偏差値だったわけであり、それを失えば存在価値もなくなるということだ。

トイレを出て廊下を進み、突き当たりにある保健室の前に立った。いつものように「うっかりカッターを落とした」とか、「血を見て気持ち悪くなった」とか何とか、言えばいい。そうすれば、誰にも邪魔されない自分だけの一時限を確保できる。

私は、お腹《なか》に隠した参考書を、制服越しに確かめてからドアを開けた。白衣を着たタナカが、椅子《いす》に座ったまま、首をひねってこちらを見る。彼女は大学を卒業したばかりで、この学校では誰よりも若い新米だ。

私は泣き笑いのような顔をつくって、ティッシュを差しだした。

きっと気のせいだと思う。タナカが、困ったような、悲しそうな顔をしたように見えたのは。

＊

京浜急行線のS駅の改札を出て、商店街を歩く。予備校帰りのこの時間は、どの店のシャッターも下りていて、会社帰りのオトナたちがわき目も振らずに家路を急ぐ横を、私も同じように大またで歩く。

パチンコ屋の前にさしかかったとき、ちょうどドアが開き、騒々しい音が漏れてきた。うんざりしながら目をやると、店の中に見覚えのある顔があった。

浦安麻実子《うらやすまみこ》だ。

麻実子は椅子に浅く腰かけ、煙草《たばこ》を吸いながら台を操っていた。真っ赤な紅で縁取られた口。その口から噴きだす煙に、こちらの肺まで侵されるような気分になる。私は、あらんかぎりの侮蔑《ぶべつ》をこめて麻実子を睨《にら》みつけてからその場を離れた。

麻実子と私は同い年だ。家が隣同士であることから、小さい頃は一緒に遊んだり、同じピアノ教室に通ったりしていた。一般的にはこういう関係を、幼馴染《おさななじみ》と呼ぶのだろう。しかし仲が良かったのは小学生までで、中学に入ってからは急速に疎遠になっていった。

疎遠というより、敬遠というべきか。そう思いながら、頭の中で「疎遠」も「敬遠」も漢字で書けることを確認する。

何がきっかけだったのか、どちらが先に敬遠しはじめたのか、今となっては思い出すことができない。いや、きっかけなど、そもそも無かったのかもしれない。

中学を卒業する頃には、お互いがお互いをけん制しあうようになっていた。学校内はもちろん、商店街や、家の真ん前で会ったとしても、ぷいと顔を背けるほどに。

けど、この成り行きは当然だと思う。私と麻実子では、あまりにも〝道〟が違いすぎた。お隣さんであるということが、最大で唯一の接点だったのだ。ただそれだけで、幼い頃の私たちは、周囲の人たちからまるで双子のように扱われていた。

――千穂ちゃんは、ピアノを習うってよ。どうする麻実子ちゃん？

――麻実子ちゃんがお祭りに行くなら、千穂ちゃんも行けば？

母親も、何かというと麻実子を引き合いに出した。

――もっとがんばらないと。麻実子ちゃんは赤いバイエルが終わるんでしょう？

――今度のかけっこでは負けちゃだめよ。

──ママにも絵筆を貸してごらんなさい。今年こそ、麻実子ちゃんに勝ってコンクールで金賞とるわよ。

私が勝てるのは成績だけだった。そのことで、少なからぬ劣等感を持ってもいた。

けれど麻実子は変わった。

中学のある時期までは、休みがちとはいえ学校にもちゃんと通っていたが、高校生になってからはほとんど制服姿を見せなくなった。派手な化粧とファッションに身を包み、やっと入ったその私立高校を、二年の夏に中退。以来、ヤクザと同棲《どうせい》しているとか、いや職の無い男との間に子供ができて結婚しただとか、実はクスリをやってるらしいとか、いろいろな憶測が飛び交ったけど、実際のところは謎《なぞ》のままだ。

確かなのは、麻実子が今もうちの隣に住んでいるということ、麻実子や麻実子の一家を良く言う人は近所にはいないということ、私たちを「双子みたい」などと言う人間は一人もいなくなったということで、どれもこれも当然といえた。

私は麻実子とは違う。名のある進学校をトップの成績で卒業し、来年の四月からは第一志望の大学で学生生活を送るのだ。

絶対に。

商店街を抜けたところの小さな公園に、近所の高校の制服を着た女子が三人いた。

スナック菓子に手を突っこみながら、ベンチに座って騒いでいる。そのうちの一人は胡坐《あぐら》をかいて、大口を開けて笑っていた。私はそれを横目で見ながら、公園の前を足早に通りすぎた。

ひたすら前を向いて大またで歩いていると、おでこに雨粒がポツリと当たった。とっさに空を見あげる。雨に濡《ぬ》れて風邪《かぜ》でもひいたら大変だ。受験に打ち勝つためには、体調管理にも細心の注意をはらわなければならない。

私はずっしりと重いかばんを胸にかかえなおして、彼女たちの笑い声を背中で聞きながら駆けだした。

＊

「折りたたみ傘、持ってなかったの？」

ドアを開けた母は、さっと眉根に皺《しわ》を寄せた。

「こういう日は持って出なきゃダメじゃない。大事なときなんだから。気をつけないと」

だまって私は頷いた。母の意見は、私の考えとおおかた一致している。特に受験に関することについては。

　母は私にタオルを手わたし、「ご飯できてるわよ」といって台所に引っこんだ。テーブルの上には、きんぴらごぼう、マグロのステーキ、ひじきの煮物などが並んでいた。私がテーブルに着くと、母も一緒に腰を下ろした。

「たくさん食べなさい。特にマグロ。マグロに含まれてるＤＨＡは、脳の働きにとってもいいんだから」

　マグロが食卓に並ぶたびに聞かされる話だ。ＤＨＡは最近のブームで、商店街の魚屋の前を通りかかると、いつもあの曲が聞こえてくる。

　魚、魚、魚。魚を食べると。

　頭、頭、頭。頭が良くなる。

　いけない。あのフレーズを一度思い出すと、ずっと頭の中でぐるぐるしてしまうのだ。

「ほうれんそうも残さずに食べるのよ。おかかは必ずかけなさい、鉄分の吸収が良くなるから」

　母の言葉と魚の歌をＢＧＭに、完璧な栄養バランスが保たれた料理に黙々と箸《はし》を伸ばす。

「ご飯のおかわりは？　頭を使うとエネルギーを使うから、炭水化物もたくさん摂《と》らないとね」

言われるとおり、半膳《はんぜん》だけおかわりをした。

よく噛んで、いろんな品をちょっとずつ。そんな私の食事のしかたを、母は満足そうに見守りながらお茶を淹《い》れる。

「中間テストの結果はどうだった？」

私が「いつもと一緒」と答えると、母は「そう」とだけつぶやいた。

いつもの質問、いつもの会話だった。

いつも一番だと、一番は特別じゃなくなる。

母は私の前に湯のみを置くと、眼鏡をかけて夕刊を読みはじめた。

「また過労死ですって」

母は紙面に目を落としたまま言った。

「着実に仕事をこなす、の、こなす、は？」

「完熟の熟に、す」

「よろしい」

新聞を読みながらあれこれ質問を出してくるのも、毎日の習慣だ。

電話が鳴った。

ほとんど休みなしにしゃべりつづけていた母が、ふいに口をつぐんだ。そのまま、立ちあがろうともせず、熱心に新聞を読むふりをして電話を無視している。

鳴ってるよ、電話。

そんなことを、私もいちいち言ったりはしない。そのかわりに壁の掛け時計を見あげた。商店街のめがね屋の名前が入っているやつで、七時三十六分を指していた。

電話のベルは鳴りつづけた。

母は私に見せつけるように深くため息をついてから、新聞をたたみ、いかにもだるそうに立ちあがった。電話の前に立ったあとも、きっちり二コール待ってから、ゆっくり受話器を上げた。

「はい」

いつもなら「はい浅田です」と名乗るのに、この時間に時どきかかってくる電話にはいつも「はい」とだけ出る。

私はマグロの最後の一切れを箸でつまんで口に放りこんだ。別に美味《おい》しくもないし好きでもないが、少しでも〝足し〟になるなら摂取すべきだ。

私は生臭くてぶよぶよしたマグロを咀嚼《そしゃく》しながら、聞くともなしに電話のやりとりを聞いていた。母の対応は今日も歯切れが悪い。「どうも……いえ……別に……そうですか……わかりました」という具合だ。

その口調が、突然けわしくなった。

「別にけっこうですよ、わざわざ替わらなくても」

そして沈黙。

母は指先で、電話コードをぐるぐると巻きつけている。そうやって長細いものを指に巻きつけるのは、いらだったときの癖だ。

——あーもしもし？　千鶴子《ちづこ》かね。

受話器の向こうの大きな声が、テーブルをはさんだ私の耳にも届いた。

今年七十歳になる祖母、三好《みよし》サトだ。耳が遠いので自然と声が大きくなるらしい。

隣町に住むサトは、自宅でピアノ教室を開いていて、私も小学校の三年から六年まで通っていた。音大出の〝ハイカラおばあちゃん〟として町内でも有名だったが、三年前に足を骨折して寝たきりになり、それを機に教室をやめた。

母は相変わらず「はい」「ええ」「別に」と、単語だけで相槌を打っている。文章で答えたのは、「千穂は今食事中ですから」という一文だけだった。

「はい……はい……お大事に」

母はそっけなく言って電話を切った。振り返ったその顔には、いつも以上に深い皺《しわ》が刻まれていた。

母は荒々しく椅子を引いた。

「食事中に気が散ると消化に良くないって、何度言ったらわかるのかしら。まったく法子《のりこ》も気が利かないったら」

法子は母の姉で、今年たしか五十歳だ。独身で、ずっとサトと一緒に住んでいる。母が消化の良し悪しだけを問題にしているわけじゃないことは、高校生の私にもわかる。母は法子おばさんとあまり仲が良くないし、それ以上に、おばあちゃんのことを好きじゃないのだ。「ソリが合わない」というフレーズを、母はしばしば口にする。私は一人っ子で姉妹がいないからよくわからないけれど、母曰《いわ》くおばあちゃんは「何かというと法子、法子」らしい。

私はお味噌汁《みそしる》を飲みながら、引っかかったことを一つ尋ねた。

「お大事に、って?」

「風邪をこじらせて、先週入院してたんですって。だったらだったで連絡の一本ぐらい寄越してくれればいいのに」

そういえば先週は一回も電話がなかった。

「そういう電話は寄越さないんだから」

「お見舞いとか、いいの」

「いいも何も、もう退院したって言うんだから」

母は籠《かご》からみかんを一つ取って、私の前に置いた。風邪の予防に一日最低一個は食べること。白い筋には食物繊維がたくさん含まれているから、少々ごそごそしても一緒に食べること。そうして便秘にも下痢《げり》にもなりにくい体質をつくって、体を内側から健康にしておくこと。

みかんの真ん中に親指をぷすりと刺すと、果汁が四方に飛び散った。母はそれを手早く布巾で拭き取り、「とにかく」と言った。

「余計なことは考えなくていいの。あなたが今考えなきゃいけないのは受験のこと。そうでしょう?」

母はそうしていつもの会話を再開した。この前の模試は国語の出来が今ひとつだったわねとか、もう少し物理に時間を割いたほうがいいんじゃないのとか、ほとんどが受験に関するものだ。私はそれらに対して、「う」と「ん」を組みあわせて短い相槌を返してから、「ごちそうさま」と立ちあがった。

九割方カラになった皿を一瞥《いちべつ》して、母は満足そうに頷いた。

「しっかりね、でも睡眠もちゃんととらなきゃダメよ」

そんな声を背中で聞きながら、私は二階へと上がった。

自分の部屋に入り、後ろ手にドアを閉める。

机の上には参考書が山積みになっている。その脇にある目覚まし時計を手に取って、三十分後にアラームが鳴るようセットし、ベッドに横になった。食べたものが消化されるまでの少しの間、ぼんやりしたほうが体にも頭にもいいのだ。そうしたあとで机に向かえば、穴に落ちるみたいにすとんと参考書に入っていける。

目をつぶった。なんとなく落ち着かなかった。目を開けると今度は、天井の、サッカーボールくらいの染みが気になりだした。

そういえば昔、麻実子がうちに泊まりにきたとき、あの染みが人の顔に見えるといって、ぎゃあぎゃあ騒いでたっけ。怖がりのくせに肝試しだとか心霊写真だとかが好きで、見ようと言い出すのも、やめようと言い出すのも、いつだって麻実子のほうだった。

頭を真っ白にしなければいけないのに、今日はなんだか、どうでもいいあれこれが頭に浮かんでは消える。麻実子なんかを見かけたせいかもしれない。

腹立たしさを感じながら、起きあがって予備校のテキストを広げた。数学の授業で一問、解くまでに時間のかかりすぎた問題があったのだ。時間をはかりながら、もう一度取りかかってみる。

時計の音が気になった。電池を抜いた。

カーテンが少し開いていたので、ぴっちり閉じ合わせた。

蛍光灯《けいこうとう》のじじじっという音が癇《かん》に障るが、電気を消すわけにはいかないので、ヘッドフォンを形だけつけて、外界の音をさえぎった。すると今度は、音がなさすぎることに気が散りはじめた。

イライラが全身に満ちていって、私は両の拳で太腿《ふともも》を強く叩《たた》いた。カッターで傷つけたところがチリリと痛む。

部屋の中をうろうろと歩いた。気持ちを落ち着かせる何かがないかと、方々に目を走らせた。クローゼットを開けた。トレーナーやジーンズのほか、中学のとき以来読まなくなった漫画本などがぎっしりと収まっている。

一冊の文集が、片隅で埋もれていた。

私はそれに手を伸ばし、勢いよく引き抜いた。色あせたオレンジ色の表紙には、四年三組と印刷されており、開くと、長いあいだ閉じこめられていた黴《かび》の臭いが鼻をついた。

五年生に進級する前――クラス替えの直前に発行された文集だ。

一ページ目には、クラス全員の写真が載っていた。白黒で不鮮明だけれど、自分はすぐにわかった。昔からひょろりと背が高かった私は最後列で写っていて、何がそんなに面白いのか、他のクラスメイトたちと楽しげに笑っている。自分でもびっくりするぐらいの、とびきりの笑顔で。

前列には、麻実子もいた。斜にかまえて微笑するその表情は、群を抜いて大人びている。男の子みたいに痩《や》せている私と違って、麻実子には当時から、同性も無視できない色っぽさがあった。

二ページ目は、担任の言葉だ。三、四年の担当は保坂という女の先生で、スローガンは「のびのびと」。その言葉のとおりにおおらかで優しいその先生を、私は好きだった。

三ページ目以降が作文で、私は、「ピアノの発表会」というタイトルで書いていた。原稿用紙のマス目いっぱいの下手な文字で、いっしょうけんめい練習しました、発表会をがんばりました、などと綴《つづ》ってある。文中にはたびたび「先生」が登場した。もちろん、サトのことだ。今日は注意されたとか、褒められたとか、文集の中の「わたし」は、「先生」の言葉に一喜一憂していた。

最後のページには、クラス全員の「将来の夢」が寄せ書きされていた。

——ピアノの先生になりたいです。

驚いた。そんな夢を持っていたことも、文集にそれを書いたことも忘れていたから。ピアノ教室に関して残っている記憶といえば、稽古《けいこ》に行くのがイヤでイヤでしかたなかったことだけだ。いくら練習を重ねても、思うように動いてくれない左手。つっかえつっかえの、ぎこちない旋律。じゃあ来週もう一度ここをやりましょうね、そう言われてバイエルを閉じるときの憂鬱《ゆううつ》。

私は、ピアノ教室の落ちこぼれだった。

一方の麻実子は、どんなに難しい曲もすぐに弾きこなした。楽しそうにピアノに向かい、細く長い指先を鍵盤《けんばん》の上にすべらせた。私の先をどんどん進み、挙句の果てにこう言った。小学校を卒業する間際のことだったと思う。

——弾きたいように弾けばいいんだよ。

弾きたいように弾く？　それができないから、弾きたくもない単調な曲で、指ぐりや指かえを、繰り返し練習しているのではないか。

猛烈な反撥《はんぱつ》を感じた。

劣等感がふくらみ、自分とピアノに失望を感じた。

中途半端な成績しか残せないレースなら、すっぱり棄権したほうがいい。私は憎しみにも近い思いでピアノをやめたのだ。

それを、「先生になりたい」だなんて。よく恥ずかしげもなく書いたものだ。麻実子の夢もそこにはあった。内容を見て、私は思わず鼻を鳴らした。

――きれいなおよめさんになって、やさしいお母さんになる。

文集を閉じてクローゼットの中に放り投げる。久しぶりに開いた記憶の扉。その向こう側に感じたのは、懐かしさなどではなく、滑稽《こっけい》なほどの白々しさと〝距離〟だった。昔と、今。今の自分が過去にさかのぼったとしても、あそこに行き着くとはとうてい思えない。

それだけ自分が成長したということであり、それが確認できたことはマイナスではなかったけど、とんだ時間のムダ使いをしてしまった。受験は一刻一秒が戦争、ちょっとした気のゆるみが大きな遅れにつながる。

私はふたたびヘッドフォンを着け、机に向かった。

いつもの夜、いつもの時間。

なのに目の前の数式は、ちっとも頭に入ってきてはくれなかった。

＊

日曜日は、午前中から予備校の自習室で勉強することにしている。

今日もそのはずだった。

なのに私は、なぜか商店街の和菓子屋でヨウカンを買い、サトの家に向かって歩いている。

ゆうべは、数式を解く前にうっかり眠ってしまった。ずいぶんぐっすりと――まるでここ何年か分の睡眠不足を挽回するみたいに眠った気がする。だから気分は悪くない。頭の中も冴《さ》え冴えとしている。けれどどうしても予備校に行く気になれず、かといって家の机に張りついている気にもなれず、気づけば家を出て歩きだしていた。図書館に行っても商店街を歩いても、公園のベンチに座ってみても気持ちはふわふわしたままで、いつしか足はサトの家に向かっていた。

サトの家にはあっという間に着いた。おそらく家から直接向かえば三十分もかからなかったにちがいない。小さい頃はもっとずっと遠かったような気がしていたのに、こんなにも近かったのか。

母屋は木造平屋建てで、古めかしい門扉の脇には「三好」の表札がかかっていた。私は表札に目をやりながら家の前を過ぎては戻り、何度か中をのぞいてからようやく門をくぐった。石畳を進み、ためらいながらチャイムを鳴らすと、奥のほうからスリッパを引きずるような足音が聞こえてきた。

引き戸が開き、法子おばさんが現れた。その顔がパッと輝く。

「あらあらあらあら。千穂ちゃんじゃない」

法子はぷくぷくした手で私の手を取り、久しぶりねえ元気だった？　と言った。そして、はい、まあ、と後ずさりする私を、よく来てくれたわねえと家の中に招き入れた。

玄関に入ったとたん、板廊下の木の香りに包まれた。うちのフローリングとは違う、畳にも似た古ぼけたような匂い。

出されたスリッパを履いてペタペタと廊下を進むと、今度は仏壇のお線香の匂いが漂ってきた。ああ。そうだった。レッスン日だった水曜日は、自宅に帰ったあともこの家の匂いが髪や服にいつまでも残っていた。

匂いとともにあの頃の鬱々とした気持ちがよみがえってきて、なんだか足が重くなる。

玉のれんをくぐってすぐの居間は、昔と何ひとつ変わっていなかった。部屋のほぼ真ん中にグランドピアノがあって、黒い布がかけられていて、そのピアノを見あげるように茶色い革のソファが置かれている。私が練習しているときに麻実子が漫画を読み、麻実子が練習しているときに私が宿題をしたソファだ。

法子の後について居間を突っ切り、奥のふすまを開けると、サトはこちらに背を向けて布団に横になっていた。寝ているのかと思ったが、法子が呼びかけると、花柄のかけ布団がもぞもぞと動いた。

サトがゆっくりと寝返りを打って、こっちを向く。

私が首をすくめるように挨拶をすると、サトはみるみる顔をほころばせた。「まあまあまあ」といって、布団の上で起きあがろうとしている。法子があわてて駆け寄り、サトの体を支えた。

サトは、銀色にも見える白髪を団子状に一つにまとめていた。お団子の大きさが少し小さくなったような気はするけれど、それは昔と変わらないスタイルだった。

買ってきたヨウカンを差しだすと、サトの窪《くぼ》んだ、穏やかな瞳《ひとみ》が細まった。そうなるとサトの目は黒目だらけになって、つぶらという言葉を連想させた。

「嬉《うれ》しいねえ」とサトは言った。「千穂ちゃん、私がヨウカン好きだってこと、覚えてくれたの」

　私は曖昧《あいまい》に笑った。ここへ来るときはいつもヨウカン、そんな習慣を覚えていただけだ。ピアノのときはヨウカン。ヨウカンのときはピアノ。そんな図式から、いつの間にか私は、ヨウカンがあまり好きではなくなった。

　法子が「さっそくいただきましょうね」とヨウカンの袋をかかえて台所へ消えると、サトは庭の池のあたりを指さした。

「今ね、あそこにスズメがいたのよ」

　どうやら今まで、開け放たれた縁側から庭を眺めていたらしかった。

「あれはツガイなのかしらねえ」

　尋ねられて私は、さあというふうに首をかしげた。そして畳の上で姿勢を直しながら、すでに、ここへ来たことを後悔していた。

「今日は一羽で来たけれどね、二羽で来るときもあるの」

　独り言のようにつぶやき、ゆっくりと頷いている。サトが身じろぎするたびに、うちにはない匂い――年寄りの匂いというものなのだろう――が鼻先をかすめた。それもまた、記憶のはるか彼方にあった匂いだった。

「千穂ちゃん、お勉強がんばってるんだってね。えらいねえ」

サトの目がまっすぐに私を見る。

「ピアノはどう？　今も弾いている？」

私がだまっていると、サトは笑みを浮かべたまま何度も頷いた。

「若いうちはしたいことがたくさんあるものね。いつか、弾きたくなったら、また弾けばいいだけのこと。きっとそういう時が来ると思うの。千穂ちゃんは優しい、いいピアノを弾いたから」

優しい、ピアノ。考えたこともない曖昧《あいまい》な尺度に戸惑う。麻実子と競うようにバイエルをこなし、先に進むことだけを目標にしていたから。それだけが確かな形だったし、他にどんなやりようがあっただろう。

法子が戻って来、お盆のヨウカンを畳の上に置こうとして、ふと手を止めた。

「お母さんたら、またこんなもの食べて」

ポテトチップの袋が、枕元に隠すように置いてあった。

法子が布団をめくるとさらに、チョコレート菓子やおせんべいなどの袋も出てきた。

そのうちのいくつかはすでに封が開いている。

サトは、袋を法子から遠ざけながら言った。

「いいじゃないの。これまで、いろんなことを辛抱してきたんだもの。肉より魚を食べたし、卵は一日一個までにしたし、塩気の多いものも控えたし。けど私はね、このジャンプフードっていうのが、けっこう好きなのよ」そして、私にこそっと耳打ちした。「なのに、法子が口うるさくてね」

「お母さん、聞こえてますよ。それに、それを言うならジャンクフードでしょ」

法子が大げさに顔をしかめてみせると、サトは口を尖《とが》らせた。

「そろそろ、好きなものをたらふく食べてもいいお年頃じゃないかしらね」

その言い方がおかしくて、私は思わずふふっと笑った。

すすめられて、ヨウカンを一口食べた。甘さが、口の中にじわっと広がる。板の間の匂いと線香の匂いに囲まれ、窓から入ってくる風を受けながら、一口またー口とヨウカンを食べた。それは思いがけず美味しかった。

法子がどこからか輪ゴムを持ってきて、おせんべいの袋を閉じた。

「好きなものを食べるのはいいけど、たらふくはダメですよ」

「はいはい」サトは適当な返事をしてから、もう一度庭のほうを指さした。

「千穂ちゃん覚えてる？　昔、あそこにあるイチョウの木の下で、みんなで銀杏拾いをやったこと」

覚えてなくて、私は首をかしげた。

「千穂ちゃんと麻実子ちゃんと私と法子と四人で、拾ったあとは七輪で炒《い》って、みんなで食べて。あれは楽しかったねえ」

「そうそう」と法子が続けた。「麻実子ちゃんが、ウンチみたいな臭いがするのに美味しいねなんて言って、みんなで大笑いしましたねえ」

その言葉に、ふわりとよみがえる光景があった。

巨大なピンセットで銀杏を拾う麻実子。にこにこ見守るサトと法子。それらをそばで見ている私。つまらなそうに、見ている私。

「今年もたくさん実がなったのよ」とサトがイチョウの木を指す。「ぽちぽち落ちはじめてきているの」

そういえば風向きによって、銀杏のかすかな匂いが鼻先をかすめる。目を凝らすと、太い幹から伸びた枝々に、小さな実がぎっしりなっているのがわかった。

「昔は、落ちた実を拾うのも、それを炒って食べるのも楽しみだったものだけど」

サトはそこでため息をついた。

「今年はまたダメかしらねえ」

「ダメ、って？」

「私たちが寝てる間に、どこかの誰かがこっそり拾っていってしまうのよ。朝起きたら、きれいさっぱり無くなってるってわけ」

きれいさっぱり、のところで力が入ったのか、サトの口からヨウカンのかけらが飛びだした。畳の上のそれを法子がぬぐいとりながら、詳しい話を教えてくれた。

イチョウが植わってるところは花壇になっていて、サトの家の垣根に沿って長細く伸びている。春はチューリップ、秋はコスモスといった具合に、一年中何かが咲いていて、近隣の住人の目を楽しませているという。

「あの花壇は公道にあるものだけど、ふだん落ち葉を掃いたり、折れた茎に添え木をしたり、枯れた土に肥料をやったりしているのは、私たちみたいな、道沿いに住んでいる人間なの」

イチョウの木もしかりだと、法子はふくよかな頬に手を当てた。

「なのにここ何年も、私たちは一粒も拾えないでいるのよ」

サトがお茶をすすりながら言った。

「まあ、私たちのものってわけじゃないから文句は言えないんだけど、それにしても寂しい話だわねえ」

サトはお茶をひとすすりしてから法子に目を向けた。

「そういえばこの前、お隣の池田さんが、一晩中巡回する、よそ様には一粒もやらないなんて息巻いてたけど、あれはどうなったんだっけね」

「一回目の巡回を終えたら眠っちゃったらしいですよ。朝外に飛びだしてみたときには、案の定、ですって。三時とか四時とか、完全に寝静まってるときに拾っていくみたい」

「この辺に住んでるのは、無理の利かない年寄り連中が多いからね。花壇の世話も好きでやってることだし、まあしょうがないよ。眺めるだけでもよしとしようじゃないの。ご覧よ、ふくふくしたあの実のかわいいこと」

サトは銀杏の実に目を細めながら、楊枝《ようじ》でヨウカンを切り、口に運んだ。そして、ゆっくりとかみしめるように咀嚼しながら、おいしいヨウカンだこと、とつぶやいた。

「千穂ちゃん、ヨウカンのおかわりは？」

法子に言われて首を横に振ると、サトがポテトチップの袋を滑らせてきた。

「この辺のお菓子も好きに食べていきなさい」

「お母さん」

「あらいいじゃないの、ねえ」そして私に向き直って言った。

「麻実子ちゃんがね、いつもお土産に持ってきてくれるんだよ」

突然出てきたその名前に、体がぴくりと強ばった。

麻実子がここへ来ている。

しかも……いつもってどういうこと？

もやもやしたものがこみあげてきて、尋ねずにはいられなかった。

「麻実子は」何をしに来てるのとは言えず、「まだピアノを？」と言葉を濁した。

「いいえいいえ」サトはゆっくりかぶりを振った。「麻実子ちゃんも、ピアノはもうやっていないのよ。私もお教室を閉めたっきりだしね。ただ時どきぶらっとやってきて、少しおしゃべりして帰ってくの。そのときに、戦利品だなんていってお土産をくれるのよ」

法子が「月に二三度ってところかしらね」と補足した。

そんなに。

ざわざわと心が揺れる。

サトが穏やかな瞳をこっちに向けた。

「千穂ちゃんは近頃、麻実子ちゃんとは一緒に遊ばないのかい？」

急に水を向けられて、言葉に詰まった。

だまっていると、代弁するようにサトが言った。

「まあ、いつまでも小さい頃のままってことはないものね」

そしてカラになったヨウカンの皿を手に、ぼそりとつぶやいた。

「年寄り二人の所帯だからうっかりしちゃうけど、何も変わらないように見えて、時間は経ってるんだねえ」

＊

トイレの個室で深呼吸をしてから、制服のポケットに手を突っこんだ。いつものようにカッターを取りだそうとして、手が止まった。

だめ。やるの。昨日の遅れを取り戻さなきゃ。

意を決するようにカッターを取りだし、左手の甲の白いところ、血管の浮いていないところに刃をあてがった。思い切って横に引いたけど、刃先は肌を浅く滑っただけだった。肌理《きめ》にうっすらと血がにじむ。

だめ。もう一回。

けれど手は動かなかった。それに、少ししか切れていないのに、今日はやけに痛む。

私はティッシュで傷をぬぐった。血はすぐに止まってしまって、パッと見ただけでは傷があるかどうかもわからない。

タナカはこの傷を見て、何と思うだろうか。何か、言うだろうか。

トイレを出て保健室に向かった。今日こそは追い返されるかもしれない。それだけじゃなくて、何か、問いただされるかもしれない。

どきどきしながらドアの前に立つと、中から男子生徒とタナカの話し声が聞こえてきた。

――センセー、本当にお腹が痛いんだってば。

――だめ。薬あげるから、それ飲んで教室に戻りなさい。

――これビオフェルミンじゃん。子供じゃあるまいしよぅ。

――それで十分でしょ。

その後に続く、チェッという舌打ち。タナカの笑い声。

タナカがこんなふうに笑うなんて、知らなかった。自分と接するときのタナカはいつも、哀れみを浮かべた瞳をして、静かに「大丈夫?」と言うだけだから。保健室で休みたいという私を咎《とが》めたことも、追い返したこともないから。

握りしめた手に、ポケットの中のカッターが当たった。

ドアは開けなかった。私は今来た廊下を走って戻った。

階段の下で立ち止まって、壁際のゴミ箱に目をやった。つかつかとゴミ箱に近づいて、ポケットからカッターを取り出し、叩きつけるように投げ捨てる。

そのまま階段を駆けあがった。途中の踊り場の窓から、グラウンドが見えた。クラスの女子たちはみんな、バレーボールの授業を受けていた。私はそこから三階まで一気に駆けあがり、音楽室の前で立ち止まった。

授業は行われていないらしく、ドアの向こうはしんと静まりかえっている。そっとドアを開けると、薄暗い室内にグランドピアノがたたずんでいた。

遮光《しゃこう》カーテンがひかれた窓際の一角。私はそこにそろそろと近づき、黒く輝く大屋根と譜面台に触れた。ひんやりとした、硬質な手触り。私は鍵盤蓋《ぶた》を開け、赤い布を取り去った。その下に現れた、白鍵と黒鍵のコントラスト。

あたりを見まわし、誰もいないことを確かめてから、鍵盤にそっと人差し指を置いた。力を入れると、〝ド〟の音が弱々しく響いた。

鍵盤の上で右手を軽く握ってから、フワリと広げる。指は自然に、ドレミファソの位置に広がっていた。そのまま鍵盤をおさえようとしたとき、グラウンドで歓声が起きた。ハッとして、手を止めた。

私はあわてて布をかけなおし、蓋を閉じた。音楽室から飛びだして、教室に駆け戻る。

誰もいない教室で一人、椅子に座り、呼吸をととのえた。

顔がひどく火照《ほて》っていた。

すべてをなかったことにするために、私は、いつものように机の上でテキストを開いた。

＊

予備校で、模擬試験の結果が返ってきた。もちろんいつものとおりだ。いつものとおり一番で、成績順に並ぶ座席も、Ａクラスの一番前をキープした。

けれど二番の男子との差が、微妙に――いや、これまでと比べると急速に縮まっている。その男子は隣の私立高校の生徒で、この夏に野球部を引退したらしい。勉強に打ちこみはじめたとたん、ぐんぐん成績を上げてきた。噂《うわさ》によると、今年の四月まではＥクラスの中でもびりっけつだったという。

みんなどんどん力を付けてきている。これからもどんどん力を付ける。だから、こんなところで息切れなんかしていられない。寄り道なんて、している場合じゃない。

私は足早に商店街を歩いた。今日は六分で家に着いて、国語のテキストの百四十三ページをやろう。

「千穂じゃん」

パチンコ屋の前で呼び止められた。

足を止めて顔を上げると、麻実子が紙袋を抱えて立っていた。

挨拶は人間の基本だ。私はアゴを突きだす仕種《しぐさ》で〝挨拶〟をして、すぐにまた歩きだした。「ちょっと」と麻実子の声が追いかけてくる。

ほとんど走るようにして商店街を抜け、横断歩道へ飛びだしたとき、激しいクラクションと甲高いブレーキの音が鳴り響いた。見るとすぐそこに車のボンネットが迫っていた。足がすくんで動けない。

ぶつかる——。

次の瞬間、腕を強く引っ張られた。膝頭をかすめるようにして車が過ぎ、直後に、ばかやろうという怒鳴り声が飛んできた。

「ったく。赤だっつーの」

麻実子がしっかりと私の腕をつかんでいる。

「相変わらず、せっかちなんだから」

頬がかっと熱くなった。

私は麻実子の手を振りほどき、信号が青に変わるのを待たずに駆けだした。

「だーかーらー危ないっつうの」

麻実子が後ろをついてくる。さらに含むような笑いが聞こえてきて、私は思わず振り返った。

「何か？」

すると麻実子はこらえきれないというふうに、ぶはっと吹きだした。

「あんたって面白いよねえ」

面白い？　私が？　そんなこと、言われたこともない。

麻実子はにやにやしながら言った。

「どうせ帰る場所は一緒なんだから、なにも逃げなくたっていいじゃん」

「別に逃げてなんかいません」

「うっそ、絶対逃げてるって。いつもあたしが話しかけようとすると、こそこそ走って逃げてくじゃん。あたしのこと、見なかったことにしてない？」

「してません」

「ふうん。まあいいけどね」

私は歩きだした。ついてない。だって今日は速く歩いて、六分で家に着いて、国語のテキストの百四十三ページを――。

「勉強、大変なんだ？」

麻実子が顔を覗きこんでくる。

――あんたと違って、私には受験が待ってるのよ。

私は心の中でつぶやいた。

「まあ、千穂は昔っから、あたしと違って頭よかったもんねえ。おばさんから聞いたけど東大受けるんだって？　つうか、マジですごいんだけど」

つうか、とか、マジ、とか、汚い言葉を使う人間は好きじゃない。ついでにいえば、麻実子の穿いてる迷彩柄の七分丈パンツも、カポカポ音のする下品なサンダルも、何もかもが気に入らない。

私はまっすぐ前を向き、ひたすらだまって歩いた。

麻実子の声が少し後ろから追いかけてくる。

「ねえ、あたしら五年ぶりぐらいに話してるんだけど」

わかってる。少なくとも中二でクラスが分かれて以来話してない。

「久しぶりぃとか、元気ぃとか、ないわけ」

ない。ぜんぜんない。

麻実子は私を少しだけ追いこしてから、ごそごそと紙袋を探り、チョコクッキーの箱を取りだした。

「これいる？　けっこうイケルよ。あ。それよか、こっちのほうがよかったりして」

そう言って煙草を取りだした。

私は大またで歩きながら、冷ややかに見返した。

「未成年は吸えないはずでしょう」

麻実子がいっしゅん目をぱちくりさせる。

「びっくりしたー。そんなこと言われたの久しぶり。新鮮」

「法律で決められているの。パチンコもね」

「はいはい。でもねパチンコは残念ながら違法じゃないのよ。高校生でもないし十八歳未満でもないから、あたしは問題ありませ～ん」

そう言ってニッと笑った。

「ねえねえ、今、言い返されてムッとしたでしょう。あんたってほんと、昔からすぐ顔に出るもんね」

とても相手にしていられない。

ずっと小走りで来たためか、麻実子はハアハア言っていた。煙草なんか吸うからだ。

「あたしもこう見えて、けっこう過酷な生活してんのよ。パチンコって、案外体力が要るの。一日中台に座ってるじゃない、手も使うしさ。肩こっちゃってもう大変」

そういって首をコキコキと左右に倒した。

私は足を止めた。前方を巨大なコンテナ車がふさいでいる。路地に入るために切り返しをしているようだ。今日は本当にツイてない。

「そういえばさっき先生のところに行ってきたわよ」

麻実子は勝手に隣に並んできて、何でもないふうな口ぶりで言った。

「先生、千穂が痩せたって心配してた」

なぜ麻実子の口からそんなことを聞かされなくてはいけないのか。

「まあその前に、先生の体のほうが心配っつう話よね」

気づけば、拳《こぶし》を固く握りしめていた。

横を向いて、麻実子の顔を正面からとらえた。ぱっちりした二重の目。長いまつげ。程よい厚さの唇。久しぶりにまじまじと見る麻実子は、やっぱりきれいだった。

「何が言いたいの」

「何って。ただ単に先生がそう言ってたのよ」

「私は別に痩せてなんかいません。標準体重です。それよりそっちこそ、おばあちゃんに変なものを与えないでくれる」

「やあね人聞きの悪い。先生のほうがまた持ってきてねって言うのよ」

「小さな子供が、もっとチョコ食べたいって言ったら、いくらでも与えるんだ」

「そういう問題？」

「そういう問題」

私は強くにらみつけた。

「そもそも、おばあちゃんに何の用」

「用がなきゃ行っちゃいけないわけ？」

呆れたように麻実子は言い、そして眉をひそめた。

「ねえあんた大丈夫？　なんか怖いよ」

「怖い？」

「うん。たまに見かけると、すっごくきつい顔でガシガシ歩いててさ。今日もそうだけど、余裕ないなあって感じで、気の毒になっちゃう」

気の毒。私が。

気の毒なのはそっちのほうだ。

「とにかく」

頭に来すぎてくらくらする。

「孫でも何でもないくせに、二度とうろちょろしないで。迷惑なのよ」

麻実子の顔が一変し、細くととのえられた眉毛がひゅっと吊りあがった。

「迷惑なんて、あんたにいつかけたよ、え？」

今この瞬間だ。昔もだ。昔からずっとだ。

麻実子の迫力にひるみそうになったけれど、私は目を逸らさなかった。

コンテナ車が唸りを上げて去り、ようやく道が空《あ》いた。

私はまた前を向き、すたすたと歩きだした。不機嫌そうな足音が、カポッカポッと遅れて聞こえてくる。

家までの道のりはやけに長かった。麻実子の視線をずっと背中に感じていたけど、一度も振り返ることはしなかった。

赤い屋根と青い屋根。私たちの家が見えてきた。

門扉に手をかけたとき、肩をぐいとつかまれた。

振り返ると、怒ったような、紅潮した麻実子の顔がそこにあった。

＊

「千穂。あなた今日、麻実子ちゃんと何話してたの」

テーブルに着くとすぐ、母が切りだした。

「別に。何も」

麻実子が耳打ちしてきたあの話を、しゃべるつもりはなかった。

「何も、ってことないでしょう。駅からずっと一緒だったらしいじゃない」

母の地獄耳はいつものことだ。どうせまた、三軒隣のおばさんからでも聞いたんだろう。

母はなおもしつこく聞いてきた。麻実子は何といって近づいてきたのかとか、お金をせびられたのではないかとか、悪い仲間に引き合わされたりはしなかったかとか。

「とにかくあまり歓迎できないわね、ああいう子と親しくするのは」

別に親しくなんかしてない。

「定職にも就かずに、派手な格好をして、朝から晩まで駅前のパチンコ屋に入りびたって」

嘆かわしい、というような深いため息。

「法律に触れるようなことを、やらせる親も親だと思うわ。やっぱり子は親の鏡ね」

母と、麻実子の母も、いつの頃からか犬猿の仲だ。理由はやはり、よくわからない。「ソリが合わなかった」というやつかもしれない。パチンコが合法だってことは言わずにおいた。面倒だし、言えばその倍ほどの言葉が返ってくるにちがいないから。

「いい、千穂。人間というのはね、低いほう低いほうに流れていくの。けっして低いところを見てはだめ。あなたは高いところをめざさないと。それができる子なんだから」

この後に続く言葉はわかっている。

これからは女性も社会に進出する時代よ。キャリアを積んで経済力を身につけなければダメ。

結婚こそが女の幸せなんて、一昔前のこと。自立した女性こそが幸せをつかめるの。そのためにはいい大学にいきなさい、いい会社に入りなさい。

本当はお母さんだって大学に行きたかった。社会で働きたかった。一人で生きていく力を身につけたかった。けど時代がそうさせてはくれなかったの。時代が悪かったの。けど今は違う。時代は変わったのよ――。

私はかきこむようにご飯を食べた。よく嚙まないと消化によくないわよ、といういつもの母の台詞が今日はやけに癪に障った。

＊

深夜一時。

机に向かっていると、庭の木がガラス窓を叩きはじめた。風がどんどん強くなっている。予報どおり、小型の台風が今夜のうちに関東地方を通過するらしい。

テキストを開きながら私は、麻実子の言葉を思い出していた。

——わかった。あんたがそこまで言うなら、先生のところにはもう行かない。

かたかたとゆれる窓の音が気になってしかたがない。麻実子のせいだ。麻実子が、あんなことを言うからだ。

——そのかわりに一つだけ、やってあげたいことがあるんだ。

ゴオッと、駆け抜けるような風の音がした。

私はぎゅっと目をつぶった。木の枝が窓をノックする音。窓の隙間《すきま》から風が入りこんでくる音。それらが次第に大きくなっていく。

おばあちゃんのところへ二度と行くな、だなんて、少し言い過ぎたかもしれない。だからこそ麻実子はあんな、突拍子もないことを言いだしたのだろうし。でも。

——あんたもその気になったらどうぞ。

冗談。

こんな嵐の中をばかげている。それより何より、私は受験生なのだ。風邪を引くわけにはいかないし、一秒だってムダにできない。睡眠のリズムが一度でも狂うと、それを取り戻すために努力とエネルギーを費やすことになる。

喉の渇きを覚えて、麦茶を飲みに一階へ下りた。

息をひそめているかのように、しんと静まりかえった家。和室からは、母の鼾が聞こえてくる。いつもながら、浅くて、どこか苦しげな鼾だ。

台所に立つと、蛇口からぽつんぽつんと水滴が垂れていた。食器棚の脇には小さな鏡がかかっていて、そこに自分の顔が映りこんでいる。

ぼんやりした一重に、目の下のクマ。相変わらずの顔だ。けど……何かがいつもと違う気もする。

コップ一杯の水を飲んでから、手の甲を見た。今日刃を当てたところは、傷どころか跡形すらもなくなっている。

あのカッターも、もうない。

蛇口から垂れる滴をぼんやりと眺める。

どこかの家でガラスの割れる音がした。

その音に弾かれるように、私は二階へ駆け戻った。

スウェットを脱ぎ、クローゼットを開けて、トレーナーとジーンズに着替える。その上から雨合羽を羽織って階段を下りると、物音に気付いたらしい母が、カーディガンの前を合わせながら寝室から出てきた。

母は物音に敏感だ。たとえそれが深夜であっても、早朝であっても。いつ戻るかもわからない――もう何年も帰ってこない父の足音に、耳をそばだてている。

「どうしたの千穂」

「ちょっと出かけてくる」玄関の靴箱から長靴を取りだす。

「出かけるって……こんな時間に？」

「心配しないで」少し小さい長靴に、強引に足を入れた。

「何言ってるのよ！　よりによってこんな嵐の日に。風邪を引いたらどうするの」

思わず、きっと母を見あげた。

「ママが心配なのは私？　それとも――」

私という受験生が風邪を引くこと？

「とにかくだめよ。絶対に許しませ――」

母の手をすり抜けて、玄関を飛び出した。生ぬるい空気が体にまとわりついてきて気持ち悪い。雨も風も強かった。が、幸い追い風だ。

風に乗って、私はどんどん先へ進んだ。

空を見あげると、飛ぶような速さで雲が流れているのがわかった。時おり車が通りかかって、大丈夫かというふうに私の横でスピードをゆるめる。

大丈夫。怖さは、不思議なほどない。

サトの家が見えてきた。もう眠っているのだろう、家の明かりはすでに消えている。近づいてみると、垣根の脇にはごろごろと銀杏の実が吹き溜っていた。

麻実子の姿は見当たらない。

「麻実子？」

横殴りの雨の中、暗闇に向かって呼びかけてみた。

返事がないので二度三度と声を張りあげる。すると、水銀灯の明かりの下に人影があらわれた。麻実子だった。

「へえ。その気になったってわけ」

大声で言ってこっちに近づいてくる。

その格好を見て絶句した。

原チャリ用だろう、ヘルメットをかぶっているのはいいとして、そこからおかっぱのように垂れているタオルはどうだ。まるでゴルフ場にいるおばさんみたいだ。透明な合羽の下では、トレーナーの裾《すそ》がジーンズのウエストにぴっちりおさまっているし、ジーンズの裾は長靴におさまっているし。ビニール袋を持つ両手にはゴム手袋がはまっているし。とにかく、見れば見るほどひどい格好だった。

ふつふつと笑いがこみあげてくる。

おかっぱタオルが風になびいて、ぴたっと顔に張りついた。私はもう、我慢できなくなった。

声をあげて笑っていた。

笑いすぎて息が切れた。こんなに笑ったの、いつ以来だろう。

麻実子がふてくされた口調で言った。

「しょうがないじゃん、フード付きの合羽がなかったんだから。そっちだって人のことどうこう言える格好じゃないでしょ。ほら、それより早く仕事仕事」

麻実子はそう言ってしゃがみこみ、銀杏を拾いはじめた。

私もすぐ隣にしゃがみこんだ。銀杏は、まん丸のまま落ちているものもあれば、叩きつけられてそうなったのか、潰れてひときわ異臭を放っているものもあった。

そのうちの一つに手を伸ばそうとした瞬間、麻実子が叫んだ。

「ちょっと待った！」

叫んで、私の手をぐいとつかむ。

「まさかあんた、素手で拾おうっての？」

「そう、だけど」

「銀杏拾ったことは？」

「ない」

麻実子は大きく首を振った。

「まったく。これだから優等生のお嬢ちゃんは」

そう言って右手にはめていたゴム手袋をとり、私に手わたしてきた。

「そういえば昔、先生ん家で拾ったときも、あんただけそばで見てたっけね。お母さんからダメだって言われたとか何とかで」

「よく覚えてるわね」

「あたし、楽しかった思い出ってけっこう覚えてるほうなの」

麻実子はそしてあきれたように言った。

「かぶれたらどうするつもりだったのよ」

「銀杏て、かぶれるの」

「知らなかったわけ。おまけに何、手ぶら？　拾った銀杏を入れる袋は？」

「ない」と私は小さい声で答える。

「はあ。あんたって昔からそうだったわよね。小難しいこと知ってるかと思えば、レタスとキャベツの区別がつかないようなところ、あったもの」

「何よ。別に私は――」

銀杏を拾いたくて来たわけじゃない。

そう言おうとして口ごもった。

じゃあ、何のために来たんだろう。

それに。

麻実子から面と向かって馬鹿にされた。馬鹿にされるなんてプライドが許さないし、侮辱するような発言には即刻反論すべきだ。

なのに言葉が出てこない。

あんまり、頭にも来ていない。

たぶんこの嵐のせいだ。いつもと違う、今日という日のせいだ。

「あーあ、炭焼き用のトング、持ってくればよかった」

バイト先に腐るほどあるのにとブツブツ言いながら、麻実子はゴム手袋をはめているほうの手で、せっせと銀杏を拾っている。私もそれにならって、黙々と拾った。時どき、体がぐらつくほどの突風が吹いて、尻餅《しりもち》を付きそうになったり、人の腕ぐらいの太さの枝が落ちてきて、頭にぶつかりそうになったりした。

そのたび麻実子は近くの木にしがみついて声を張りあげた。

「これじゃ、先生より先に死んじゃう」

「不謹慎なこと言わないで！」

「冗談だっつうの」

けれどそんな雨風も、ビニール袋の重みが増すにつれて弱まっていった。

麻実子が背中を反らしてぼやいた。

「腰いたーい。面倒だからスーパーの銀杏でも買って詰めるか」

「それじゃ意味ないでしょ！」

「いちいちムキにならないでよ。冗談だってば」

麻実子は「冗談ぐらい言えないと大成できないわよ」と、華奢《きゃしゃ》な腰を叩きながら銀杏を拾い歩いている。腰痛が持病らしい。その姿を見ていたら、「なんで」という言葉が自然に出た。

「ねえ。なんでここまでするわけ」

「先生が銀杏を食べたがってたからに決まってるでしょ。まあ本当は先生も拾うところからやりたいんだろうけど、寝たきりじゃしょうがないからね」

「だから、なんで。なんで、おばあちゃんのためにそこまで」

ピアノの先生と生徒。ただそれだけじゃないか。しかも今はその関係ですらない。

「なんでなんでって、うるさいわねえ。理屈っぽいと早く老けるわよ」

麻実子は冗談めかして言ってから、こっちにくるりと背を向けた。

「千穂は、うちのママに会ったことあるよね」

ある。一度だけ麻実子の家に遊びに行ったことがあって、そのとき寝床からスリップ一枚の姿で出てきた。そしてあくびをしながらたった一言、「ああ。いらっしゃい」と言ったのだった。寝床に男の人——麻実子の父親ではない誰かがいて、胸がどぎまぎした。

「パパはね、とっても優しいんだ。ただ、怒りだすとおっかなくってさ。特にお酒飲んじゃうともうアウト。怒鳴るのなんてしょっちゅうで、殴るわ蹴るわ」

そう言って麻実子は、両の太腿を服の上から指した。

「この辺なんて、いまだに痕が残ってるもんね。他にも割れたガラスで付いた傷痕だとか、ヤカンの熱湯ひっかぶった痕だとか」

「…………」

「でもね、大丈夫だったの。あたしにはおばあちゃんがいたから」

麻実子にとっては母方のおばあちゃんで、バスで二十分ほどのところに住んでいたらしい。

「小学生にしたらけっこうな距離だけど、それこそ、これといって用がなくたって毎日のように遊びに行ってた。おばあちゃんも、おじいちゃんに早く死なれて一人暮らしだったから、けっこう喜んでくれてね。ポテトチップだの何だのを二人で食べて、テレビ見て、ごろごろするだけなんだけど、ほっとするんだわこれが」

そこでこっちを振り返り、はいはいちゃんと手を動かして、と言った。

言われたとおりに動かした。まったくの、上の空だった。

「ところがさ、さすがおばあちゃんはおばあちゃんだよね。ある日ぽっくり死んじゃってさ。忘れもしない中一の三学期、一月十四日」

いやあホント、あれにはびっくりしたわ、と感心するように言った。

「心臓発作だったんだけど、でも前の日まで元気にポテトチップ食べてたんだよ？　だから最初はぴんとこなかった。けど、がらんとなった家の中に食べかけのポテトチップの袋が落ちてて、中身がすごく湿気ってて、それで初めて、ああ、もうあたしには行く場所がないって思った。遊びに行っても、手紙を書いても、喜んでくれる人も頭をなでてくれる人もいなくなったって」

お葬式の後がこれまた大変でさ、と麻実子は続けた。

「なんか、遺産が入ったらしいのね。それでかパパもママも家になんか居やしなくて、あたしずいぶん長いこと家に一人でさ。ホコリとかカビとかはどうってことなかったけど、とにかくお腹がすいて、どうしようもなくって、ふらふら外に出たの。歩きだして、歩きまわって、でも行く当てなんかないじゃない？　いつの間にか、足が向いてたわけよ」

サトの家に。

「法子おばさんはそのとき買い物に出てていなくて、先生と二人で縁側に並んで座ったの。お腹がぐーぐー鳴って、そしたら先生がおにぎり作ってくれてね。すげー酸っぱい梅干の入った、すげーしょっぱいおにぎり。年寄りって味覚が変だよね。変てことに気がつかないのが笑えるよね。でも、作ってくれたやつ三つ、全部食べたよ。美味しかった。ほんとに。そのあと何話したかは覚えてない。つうか、たぶん何も話さなかったと思う、あたしも先生も」

いつのまにか雨は止んでいた。

空を見あげると、雲の切れ間に早くも星が見えた。

「先生、帰るときに、言ってくれたんだ」

――またおいで。

「ばあさんはここにもいるから、いつでもおいでって」

私は麻実子の細い背中を見た。

「で、最後に頭をぱふっとなでてくれたとさ。ちゃんちゃん」

麻実子はおどけた調子で言って、こっちを向いた。

そして目を丸くした。

「やだ、千穂。何泣いてんの」

「だって」鼻水が垂れてくる。

「泣くヒマがあったら、せっせとおばあちゃん孝行しなさいよ。年寄りは、いつ逝《い》っちゃうかわかんないんだから」

「不吉なこと言わないで！」

「だから冗談」

　麻実子はそう言って笑った。

　私は麻実子みたいには笑えなかった。

　この世で受験勉強ほど苦しいものはないと思ってた。そして、それに勝てば、すべてに勝てるようなつもりでいた。

　いつの間にか疎遠になったわけじゃない。最初に私が麻実子を遠ざけたんだ。自分よりキレイな麻実子に嫉妬して、自分よりピアノのうまい麻実子に嫉妬して、自分よりおばあちゃんと仲のいい麻実子に嫉妬して。

　私は手袋を取って涙をぬぐった。そして麻実子が差しだしてくれたティッシュで鼻をかんだ。

　足元に一粒、まん丸の銀杏が落ちていた。

「ねえ」

　私はそれを拾い、麻実子に言った。

「また会いに行ってよ。おばあちゃんのところ」

花菜が上がり框に座りこんで、お気に入りの赤い靴を履いている。

外に出ると、淡い水色の空に、筆で刷《は》いたようなすじ雲が広がっていた。門扉を閉めて何気なくポストをのぞくと、一枚のハガキが入っていた。メッセージも何もない、転居を知らせるだけのもので、夫婦と二人の子供の名前が刻まれていた。

交流はまったくなく年賀状すら交わしていないけれど、麻実子は転居するごとにこうしてハガキを寄越してくる。しょっちゅう引越しているから、これで何回目になるかわからないけれど、これまで引越し先は常に半径三十キロ以内だった。

今回は他県の、ずいぶん遠くの住所が記されている。

私はハガキを、バッグにしまった。

花菜と一緒に〝お花の道〟を歩く。垣根沿いのこの道を、「いつもお花が咲いてるから」と花菜が命名した。

イチョウの木の前にさしかかり、私は足を止めた。

あの日。

最後のあの一粒を、私は素手でつかんでしまったのだった。翌日は、手や腕だけでなく、顔までかぶれてひどい目にあった。

病院から帰った私を、母は責めた。

――だから言ったでしょう。こんな大事な時期に何でそんなことしたの。

私は、銀杏を拾いたかったのだ、とだけ答えた。

麻実子と一緒だったことは言わなかった。なぜだか、言いたくなかった。

母は納得のいかないような顔をしていたが、それでも最後には安堵《あんど》の息をついた。

――かぶれぐらいで済んでよかったわよ。風邪を引いて寝込みでもしたら、遅れをとってしまってそれこそ大変だもの。

そんな母の期待に応えて私は東大に入り、公務員になった。じゅうぶん、期待にこたえてきた。なのに、二十五の誕生日を迎えたとき、あっけらかんと母は言った。

――女の幸せはやっぱり結婚よ。子供を産んでこそ一人前よ。

ちょうど、長年浮気相手と暮らしていた父が、体を壊して一時的に家へ戻ってきていた時期ではあった。けれど、たとえどんな背景から出た言葉であったにせよ、私にはとうてい受け入れられなかった。

私は家を出て寮に入った。以来実家には、ほとんど戻ることはなかった。

チリンチリンとベルが鳴る。振り向くと、後ろから自転車が来ていた。私は花菜の手をつかんで道の端によけた。垣根の脇の側溝に、落ち葉やゴミがたまっている。近いうちに掃いておかねばならないが、ホウキはどこにあるだろうか。今度、法子に聞いておこう。法子は五十八で結婚をして、今は県内の別の場所に住んでいる。

サトは先月死んだ。肺炎だった。

お葬式には麻実子も参列し、それを見て母は言った。

——なんであの子がいるの。

それには法子が答えた。

麻実子が時どきサトの元を訪れていたこと、麻実子の訪問をサトも喜んでいたこと。

母は驚いていた。

台風の夜の後、ごくたまにだが私も遊びに行っていたことを知ると、母は目を大きく見開いてこっちを見た。あのときの目が、私は忘れられない。

葬式の間じゅう、母は泣きつづけていた。誰よりも悲しげに涙を流していた。

何の涙かはわからない。

サトを失った悲しみの涙か。ないがしろにした後悔の涙か。

ないがしろにされた悔し涙か。

自分より法子をかわいがったサトを恨み、自分ではない他の誰かを愛した夫を恨み、自分に内緒でサトたちとの世界を築いていた娘を恨んだろうか。

人一倍大人な顔をしていた母。その実、子供っぽかった母。

そして寂しい人。

チリンチリンと自転車が過ぎる。

自転車をやり過ごすと、花菜は跳ねるように駆けだした。そして地面に座りこんで言った。

「ママ。また、おばあちゃん銀杏だよ」

銀杏に似た何かの実が一粒、干からびて落ちていた。

「毒ある？　おばあちゃん銀杏だから大丈夫？」

あどけないその横顔を見ながら思う。

ふだんの私の母への言葉の中に、花菜はすでに毒を感じているだろうか。この毒は、いつか消える日がくるのだろうか。

空を見あげた。日は、まだ高い。

「花菜」

私は足を止めて花菜を呼んだ。

「デパート、また今度にしようか」

振り返った花菜の頬が、えーっとふくらむ。

「なんで？　デパート行かないの？」

こっちを見あげるその拗《す》ねた目に、私は新たな行き先を告げることになる。それを告げれば花菜も機嫌を直すことだろう。あどけない頬をゆるめるだろう。

私にとってどうであれ、幼い花菜にとって、母はただ一人の、優しいおばあちゃんなのだから。

解説

藤田香織
（書評家）

「イヤ汁マスター」

まことに勝手ながら、私は、作家・春口裕子氏のことをコッソリと、そして時には公の場でも、そう呼んでいます。一見なにやら悪口風でもありますが、いやいやもう心から称賛しているのです。個人的に（かつ一方的に）この称号を贈った作家は、春口さんのほかにも真梨幸子氏や永嶋恵美氏など数人いますが、春口さんの「イヤ汁」は、じわじわと効いてくるのが特徴です。

「イヤ汁」とは、二〇〇三年に刊行された酒井順子氏の大ベストセラー『負け犬の遠吠え』（講談社文庫）で言及され、一気に広まった言葉で、〈欲求不満とかあがきとか言い訳とか嫉妬といったものがドロドロまざった上で発酵することによって滴るもの〉のことであり、一般的には嫌悪されるもの。出来ることなら、そんなものを滴らせたくはないし、他人のそれも見ないふり、気付かぬふりでやり過ごしたいと思うのが当然でしょう。

しかし、世の中綺麗ごとばかりでは生きられないのもまた事実。他人を憎まず、恨まず、羨まず、「毎日幸せです」とにっこり微笑むことが出来る人などそうはいない、はず。さりとて、リアル社会でそうした負の感情を、安易に垂れ流したりすれば、めぐりめぐって自分の首を絞めることになる危険性も私たちは十分承知しています。結果的に心のなかでドロドロと溜まってしまった「イヤ汁」は、外に漏らしてはいけないと思えば思うほど発酵がすすみ、いつしか強烈な臭いを放つようになりかねません。他人にとっても迷惑でしょうが、本人だってこれは辛い。

そんなとき、解毒剤となってくれるのが、本書『隣に棲む女』のような「イヤ汁小説」ではないかと、私は思うのです。

その効能に言及する前に、まずは簡単に収録されている六篇を振り返ってみましょう。

「蝉しぐれの夜に」

主人公の斉木小夜子のもとに、ある日、友人から七ヵ月になる胎児のエコー写真付き暑中見舞いのハガキが届く。微笑ましいと受け取る人もいるかもしれないが、小夜子はそれをびりびりに破いてしまいたい衝動にかられ、指先を震わせる。そこから約一年の時間を巻き戻し、十三年前に同じ高校を卒業した仲良しグループ四人の「現在」が語られていく。男女の双子を持つ茜、出来ちゃった結婚をした歩美、独身で研究職に就く和希、そして仕事も辞め、不妊治療中であることを誰にも打ち明けられずにいる小夜子。かつては同じ場所で同じ時間を過ごしていたのに、今、置かれた立場は明確に異なり、その差異が主人公を苦しめるという設定は珍しいものではないが、女子グループ特有の嫌らしさが散見していて、読みながら何度も口元が歪んでしまった。個人的には本書の中で一番「イヤ汁」度が高い点が読みどころかと！

子供たちのピアノの発表会で起きたハプニングから、歩美が引き起こした「事件」とその理由までも読ませるが、なんといってもそこから冒頭の暑中見舞いに繫がる展開が凄まじい。〈ずっと一緒にがんばろうね。だって、この苦しみがわかるのは女同士だけ。同じ経験を持つ者同士だけだもの――〉。まったくもって、どの口が言う！である。

「ホームシックシアター」

二〇〇七年に本書の親本が刊行された際の表題作で、第六十回日本推理作家協会賞候補にもあがり注目を集めた一篇。主人公の高林類子は安定した経済力を求め、社会的体裁を望んでいた修一と結婚。修一が単身赴任中の現在は、四十九歳の既婚男性と互いの欲望を満たすためだけの関係を続けていた。類子の趣味は毎晩のＤＶＤ鑑賞。八十インチのワイドスクリーン、ドルビーデジタル五・一チャンネル対応の〈よくわからないがとにかくすごいスピーカー〉で非現実的世界にひたる空間と時間を何よりも愛している。そんな類子の住むマンションで昨年、殺人事件が起きた。物語は住人たちが次々に退去していくなか、ワケアリの部屋にひとりの女が引っ越してくることから動き出していく。ミステリーとしての仕掛けも丁寧で、タイトルも巧い。

「オーバーフロー」

〈人様に迷惑をかけず、いつも笑顔でニコニコと〉デパートの靴売り場で働く律子は二十九歳。人を不快にさせないように気を配るセンサーは高感度で「ホームシックシアター」の類子とは正反対のような人物。理不尽な出来事は日々あれど、飲み込んだ言葉をため込んでおく心の貯蔵庫は間口が広くて深く、モヤモヤを浄化させておく術も身についていた。

が、しかし。同棲中の恋人・広志のもとに元カノが乗り込んできたことを機に律子の貯蔵庫は許容量を超えてしまう。穏やかな書き出しからの作中の「温度」変化が素晴らしく、ラストは壮絶な場面を予感させるにかかわらず、恐ろしいほど冷やかな空気が漂ってくる。

「ひとりよがり」

主人公の熊沢美鈴は、父親が手広く事業を営んでいる働く必要のないお嬢様。嫌いな言葉は我慢、忍耐、辛抱。努力、勇気、友情、思いやり。父の部下でもあった恋人・圭介が、ドライブ中に事故を起こし、成り行きでドナーカードにサインをしたことがきっかけで、臨床検査技師の惣一郎と出会う。単行本では「セルフィッシュ」というタイトルで（利己的、我が儘、自分本位の意味）、当然、美鈴のことを示唆していたわけだけれど、読み進むうちに間接的にしか描かれない父親を含め登場人物全てがひとりよがりに見えてくる。美鈴がドライブを好んだ理由も切ない。

「小指の代償」

二十七歳の主人公は、結婚を約束した恋人・猛と、会社の同期で親友でもある佳代と共に、長野のスキー場を訪れていた。広大なゲレンデを這いつくばり、三ヵ月前に佳代が失くしたものを探す。それは砂漠の中からコンタクトレンズを探すような作業だった――。

不運な事故がきっかけで、捻じれてしまった関係性の悲哀が描かれるのだが、〈不当なくじを引かされている〉とやりきれない思いを抑えきれなくなる主人公と、理不尽なことをしていると自覚しながらも自分の気持ちに整理がつけられない佳代の本音バトルが圧巻。〈「ねぇ、こういうどろどろした気持ち、いつかは冷めてなくなるのかしら。冷めてほしい。なくなってほしい。なのに、ぜんぜんダメなの。冷めるどころかあちこち焦げて、あたしどんどん嫌な人間になる」〉。敵役的存在にみえた佳代の人物像が、ここでぐっと膨らみ、ラストシーンへと繋がっている。

「おさななじみ」

かつて優等生として少女時代を過ごした主人公の千穂が、高校時代を中心に自らの過去を回想していく。厳しかった母・千鶴子。ピアノ教師をしていた祖母・サト。隣家に住み子供の頃は周囲から双子のように扱われていた幼馴染みの麻実子。千穂からも千鶴子からもイヤ汁は漏れまくりで、不器用で危うく頑なな女同士の関係性を淡々と描きながら、それでも確かな絆にじわりと心が温まる。「蝉しぐれの夜に」や「ホームシックシアター」ほどのインパクトはないが、最後にこの話を持ってきたことで、読者はきっと少し息を吐けるに違いない。

二〇〇七年『ホームシックシアター』と題し刊行されたこの短篇集は、今回文庫化にあたり『隣に棲む女』と改題されることになったのですが、本書にはまさにリアル社会でも見かけるような女たちの姿が活写されています。あぁこんな人いるいる、こんなことあるあると、苦笑する台詞や場面は数えきれません。と同時に、程度の差こそあれ小夜子の不安定さも、類子や美鈴の身勝手さも、律子の痛みも、佳代の苦しみも、千穂の救いも、自分と無縁なものではない、と感じる人も多いはず。「隣に棲む女」は、私たちの「心に棲む女」でもあるわけです。

「物語」として適度な距離感を保ちながら、日ごろは目を逸らしている負の感情を咀嚼することで、心の毒を消化する——。他人事だと割り切れないからこそ、イヤ汁小説は痛痒《いたがゆ》いことこの上なく、「マスター」である春口さんはその「痛さ」と「痒さ」のさじ加減が抜群に巧い。それでいて、本書からも分かるように「味」のバラエティは実に豊富。

良薬は口に苦しと言うけれど、苦いだけではないマスターの振る舞うイヤ汁を、眉をしかめ、口元を歪めながら、これからも共に味わい続けましょう。

二〇〇七年一一月　実業之日本社刊『ホームシックシアター』を改題。
*「ひとりよがり」は単行本時「セルフィッシュ」を改題。

実業之日本社文庫　好評既刊

実業之日本社文庫 は11

隣《となり》に棲《す》む女《おんな》

2011年6月15日　初版第一刷発行
2013年6月20日　初版第五刷発行

著　者　春《はる》口《ぐち》裕《ゆう》子《こ》

発行者　村山秀夫
発行所　株式会社実業之日本社
〒104-8233　東京都中央区京橋 3-7-5 京橋スクエア
電話 [編集]03(3562)2051 [販売]03(3535)4441
ホームページ http://www.j-n.co.jp/

印刷所　大日本印刷株式会社
製本所　株式会社ブックアート

フォーマットデザイン　鈴木正道(Suzuki Design)

ISBN978-4-408-55041-1（文芸）